できそこないの世界でおれたちは

桜井鈴茂

双葉文庫

目次

できそこないの世界でおれたちは

Together In This Fucked Up World

ほとんどたいていの人間にとって
世界の終わりはいつきても早すぎはしないのだ
——カート・ヴォネガット
『タイムクエイク』

なんでもいいから、陽気にしていようじゃないか
——ヘンリー・ミラー
『暗い春』

1. アレルヤをもう一度

おれは幸せなのか？

ここんとこずっとそんなふうに自問している。その問いと答えにまつわるあれこれをずっと考えてる。寝ても覚めてもそればっか……ってわけではもちろんないけれど、ふと気づくと考えている、というか、考えていることに気づく、というか。

アムアイハッピー？

ある朝には、イエス、と確信する。なんだかんだ言っておれは幸せだ。ヤッホー。ラッキー。サンキュー。なのに、我知らずまた問い直してる。

アムアイハッピー？

やっぱノーだよ、と別な夜にひしと感じる。こんなんで幸せだと思い込むとはおめでたいにもほどがあるぜ。頼むぜ。ったく。なのに、ほんの数時間後の翌朝になるとまたもや問いただしている。

アムアイハッピー？

その繰り返し。行ったり来たり。三歩進んで三歩下がる。幸せなのか？　幸せじゃないのか？　じゅうぶん幸せだと満足すべきなのか？　まだまだ幸せじゃないと奮闘するべきなのか？　ほとんど禅問答。そもそも明快な答えなんて存在しないのかもしれない。天にましますわれらの神よ、どうなんすかね？

まあ、思うに、この手の問いに対する答えは、何もおれに限った話ではなく、この狂おしい世界に生きる多くの人がそうなのかもしれないけど、イエスとノーの間のどこかを横道に逸《そ》れたずっと奥のほうにあって、しかもそれはもう別の形を、幸せか不幸せかという単純な括《くく》りでは捉えがたい奇異な形を取っているんだろうけど。たぶん。おそらく。

いや……待て。このような、おれなりの結論というか悟りというかあるいはこじつけというかに、どうにか達したのはもう少し後のことで、具体的には季節を二つくらい過ごしてからのことで……そのきりりと空気の引き締まった晩秋の朝、おれの頭に、良いとはけっして言い張れないが悪いとも認めたくないおれの頭に、ぱっと閃《ひらめ》いたのは、イエス、つまり、なんだかんだ言って幸せだよな、というものだった。

なぜかと言えば、だいいちに、おれは四谷三丁目という、かなり便利なアーバンエリアに、ユニットバスじゃない浴室もウォシュレットも装備された、壁のやや薄いのが玉に瑕《きず》だけど風水とか方位学的なものなのか居心地はすこぶるいい部屋を借りられていて、なおかつ週に一度か二度はファストフードでもコンビニ弁当でもない、美食家もつむじを曲げない程度のなかなかに美味しいご飯を食べられ、お酒とかコーヒーとかレコードその他嗜好品も好きなだけとは言わないけれどそれなりに嗜《たしな》められているのだから。まあ、貯金とかはぜんぜんないけど、ないどころか何年か前にキャッシングしたカード会社からの借りがまだ残ってるけど、それにPCとか革ジャンとか買った時のショッピングローンもまだ残ってるけど、しかしどちらもここしばらくは延滞せずに毎月払い続けられているのだから。しかも、それらのお金をどうやって稼いでるのかと言えば、昔みたいにひねもす重い荷物を運ばされてとか、炎天下や台風直撃の日に水道メーターを検針してまわってとか、脳足りんかつ意地汚い上司や店長や経営者に顎で使われてとか、ようするに、こんなミゼラブルな労働の日々が続くんだったらドイツとかの刑務所で暮らすほうがよっぽどマシじゃね、とさえ思ってしまうほどヘヴィな仕事で稼いだお金じゃなくて、おれの才能っていうか個性っていうかを少しは生かせて、努力とか忍耐とかもまあまあ報われて、だから、最低限の尊厳というかプライドをキープしていられる仕事を通してなのだから。それに、健康面にしてもおおよそ……いやまあ、たまに座骨神経痛とか原因不明の下痢とかに悩まされるけれども、他には大きな病気もしてないし。両親も今のところは健在で、誕生日には缶ビールの詰め合わせとか鮭の燻製《くんせい》とか送ってくれるし。ステディな恋人はいないけど、たまに飲みに行ったり互いがそういう気分になったらエッチしちゃう女友達はいるし。そしてなにより！　なによりおれには十一歳になる息子がいて、息子の母親とはいろいろあって残念ながら別れちゃったけど、別れてからも仲はさほど険悪じゃなくて、半年に一度くらい、つまり息子の誕生日とクリスマス前後には親子三人でディナーを食べられるし、元妻のちょいとお金持ちの実家で大切に育てられている息子とは月に一度、サッカーを観に行ったり映画を観に行ったりできるし。

と、そんなわけで――イエス、アイムハッピー。幸せじゃん、おれ。という気分だったの、その日はおしなべて。朝、歯を磨いてる時にそう思って、昼の間はばりばり仕事して、晩秋もしくは初冬の陽が落ちて月が昇ってもまだ。

それで、久々に、つっても十日ぶりくらいだけど、パスタを茹でてトマトソースもくつくつ煮込んでた夜の九時半すぎに、これまた久々に、こっちはおそらく半年ぶりくらいに、ドラムから電話がかかってきた。上田健夫《うえだたけお》と表示されたディスプレイを見ながらiPhoneのお馴染みの電子ベルを何秒かやり過ごす間に、うっすらと不吉な、具体的にはせっかくのイエスをノーに反転させそうな予感がしたんだけど、多忙を極める、いや、おれは当然ながら全知系の語り手ではないので厳格な事実は知らないが、前回会った時に自分で偉そうにそんなようなことを言ってたし、昨今の活躍ぶりを見ればその自己申告も納得せざるを得ないドラムからの、久々な電話を、シカトするような意志の強さは持ち合わせていないので……つーか、はっきり言ってわりと嬉しかったので、つまり周囲からチヤホヤされているに違いないドラムがいまだに旧友のおれにすり寄ってくるという意味でもね、しかしながら、嬉々とした気分がやつに伝わるのも癪《しゃく》なので、できるだけ気だるい声音《こわね》を出すように意識しつつ、応答した。もしもし？

「なんだ？　その声は」

「気だるいんだよなあ」

「今から飲もうぜ」おれの表明を完全にスルーしていきなり用件を述べるドラム。

「つーか、挨拶くらいしろよ、社会人なんだから」

「こんばんは。しばらくです」と、一ミリグラムも気持ちの入っていない挨拶。

「……あのねえ」

「飲めるよな？」

「まあ、飲めないことはないけど」

「けど、なんだよ？」

「うーんと、まあ、その、つまり、グルーミー&ダークな話はしたくないな、っていう」

「じゃあ、一時間後に」おれの陰影に富んだ、たぶん示唆にも富んだ物言いをまたしてもスルーしてドラムが言う。「新宿御苑の……えっと、なんて言ったたっけ、前回おまえと行った隠れ家的なバー？」

と訊いておいて、おれが略称ではなく、長ったらしいバーの正式名称を律儀に告げていると、それを遮《さえぎ》り「そこで」と言い、電話を切りやがった。


きっかり一時間後に長ったらしい名前のバーに入ってゆくと、ドラムはすでにカウンターの隅っこのストゥールに座って、パンクIPAというスコットランド産のビールをパイントグラスで飲んでいた。おれは店主の湯島《ゆしま》くんに、ペルノのガムシロップ入り水割りを注文しつつ、隣のストゥールに腰掛けた。すかさずドラムが口を開く。

「こーはくが内定した」

「こーはく？」意味がわからない。「こーはく、ってなんだ？」

「大晦日の。NHKの」

「ななっ！」喜ばしいような情けないような誇らしいような、複雑な思いがおれの心のパミール高原に吹き荒れた。「紅白歌合戦にデカメロンズが？」

「まだ内定の段階だから、口外はするなよ」

「いや、知った以上は言いふらすぜ」

「ま、少しはいいけど、人を選べよ」

「つーか、それ、ヤバくないか？」

「ヤバいってのはどっちの意味で？」

「ダサすぎてヤバくないか？」

「ダサい？」

「はっきり言うぞ」とおれは言った。大声で言いたくてたまらなかった。「ダサい！死ぬほどダサい！」

「なんでやねん？」関西人でもないのに突然関西弁を使ってドラムが問う。

「そりゃそうだろが。紅白歌合戦に出るようになったらロックンロールバンドもおしまいだ。ノーベル文学賞を受諾した瞬間にボブ・ディランがダメになったのとだいたい同じ」

「ボブ・ディラン、ダメになったのか？」

「ダメになったね。地に落ちたね。ノーベル文学賞も地に落ちたけど。音楽と文学の違いもわからないアホどものインテリ集団」

「ま、少々の媚びは感じるけどな。いいんじゃねえのか」

「よくねえ、よくねえ」おれは言い募《つの》る。「ぜんぜんよくねえよ。もはや野良犬も食わない残飯だ、ボブ・ディランもノーベル文学賞も」

「吉永《よしなが》シロウの中ではね」やたらと落ち着き払ってドラムは言う。「はいはい」

「おれの中だけじゃねえよ、バカやろう」ドラムの態度と物言いに、ムカムカしながらおれは続ける。「良識ある人間はみんなそう言ってる」

「その、良識ある人間とやらの名前を出してもらおうか」

「木塚卓也《きづかたくや》だろ、米村秀一《よねむらしゆういち》だろ、サミュエル・バージェスだろ、下の名前は知らないけど岡部《おかべ》さんだろ、それから――」

「ぜんぶ、おまえの友人知人じゃん」

「名前を出せって言うから出してんだ、ボケが」

「いずれにしても、俺はぜんぜん気にならないね。シロウの周りの人間になんと言われようと」

「くそっ。一般市民をバカにしやがって」

「バカにしてるのはおまえのほうだ」

「はあ?」

「紅白ってのは一般市民が観るもんなんだから」

くそっ。なんか違う気がするけど、なんか合ってる気もする。

「ま、来年でデカメロンズもデビュー二十五周年だしさ、ここらでお茶の間にお披露目して新たなファンを開拓しようっていう魂胆じゃないのかな。CDの売り上げは仕方ないにしても、肝心のライヴ動員数なんかも、微妙に減ってるっていう話だし」

などとドラムは、いつものごとく、というか、以前はサポートメンバーだったから筋が通ってたけど、正式メンバーとなった今でも、自分のバンドを他人事のように評する。

それにしても、紅白歌合戦ねえ。ドラムも出世したというか堕落したというか。まあ、それこそ一般市民に、とりわけキャバクラの女の子とかに自慢できるからいいけど。デカメロンズでドラム叩いてる上田健夫、あいつはおれのマブダチ中のマブダチでね、昔はいっしょに暮らしてて、よく晩飯とかも作ってやったんだよなあ……え、会わせてほしいの？ いいよ、今度連れてくるよ……みたいな。

「ところで、シロウ」ドラムが声音を変えて言う。「イズミは覚えてるか？」

「……イズミ？」ん？ 誰だっけ？「イズミと言われても、おれにはおまえを振った女しか思い浮かばないな」

「それだ。そのイズミだ」

「だったら覚えてるよ。覚えてるに決まってるじゃん。いい匂いがしたよなあ、彼女は。辣腕《らつわん》弁護士と結婚して二児の母になった、とかなんとか週刊誌で読んだけど」

「週刊誌じゃなくて、俺が教えたんだ」

「あ、そうだったかも」つーか、当たり前だっての。こいつにはユーモアを解するセンスがまるでない。「で？」

「イズミと俺、結婚するよ」

「はっ⁉」こいつの話の展開ときたら、掘り起こしたばかりのサツマイモにかぶりつくかのようだ。「どうやって二児の母親と結婚するんだよ？　旦那を解体して下水道に流すのか？　おれは手伝わないぞ」

「旦那とは去年別れた。今は実家で暮らしてる。昔、おまえと行きかけた横浜の実家で」

「ああ、あの厚生省だか財務省だかのハゲちゃびんのとこね。つーか、いつのまに、縒《よ》りを戻したんだ？」

「ひと月前。まだちゃんとは戻してないけど、おそらく戻る」

「なんだよ、未確定事項なのか。ふつうは、縒りを戻してから……」なんてことを諭《さと》してもムダなのでおれはすぐに言い直した。「で、さっそく、結婚するのね？」

「ほら、やっぱ、紅白に出場するってのは大きいんだよ」

「つまり、ロックミュージシャンとはいえ、日本放送協会の国民的番組に出演するくらいの男だから、本人や両親も安心して結婚に踏み切れるっていうわけ？　ったく、一般市民の感覚にはついていけない」

「ま、イズミも出戻りだし。親父さんも退職して丸くなったらしいし」

「しかし、おまえ、二児の継父になるってことだぞ？」

「おう」

「おう……って、覚悟はあんのか？」

「おう」

上等じゃないの。まあ、ウエディング・パーティの類いを催すなら、歌くらい……いや、歌はやめとこ……ＤＪくらいはやってやるけど。しかし、こいつはよっぽどイズミちゃんのことが好きだったんだな、というか、忘れられなかったんだな。二人が付き合ってたのは十五年以上も前のことなのに。今のドラムなら、いくらでも女が、それもただの女じゃなくて、モデルとかタレントとか女子アナレヴェルの女たちがわさわさ寄ってきて、よりどりみどりだろうに。もしかして、独り身を通すどころか、恋人らしい恋人も作らずに今世紀のほとんどを過ごしてきたのって、この機会をひそかに待っていたからなのか。つまり、イズミちゃんがたとえ一度は人様の女房になろうともそいつの子どもを何人産もうとも、いずれはまた独り身に戻って自分を求めるようになるだろう、とかなんとか、排水溝にへばりついて生き延びるナメクジみたいに、じくじく考えていたのか。うわーっ。気色悪っ。鳥肌が立ってきちゃったぜ。話題を変えよう。おれ最近さあ。

「なんだ？」ドラムはおれには目もくれずに問う。

「自分は幸せなのか、そうじゃないのかってことをずっと考えてて」

「そんなこと考えてどうすんだよ?」

「……どうするんだと言われても困るけど」

「くだらんことに頭を使うな」

「くだらなくはないだろ」

「ったく」ドラムは吐き捨てるように言う。「感傷だけ発達したチンカス野郎め!」

「おいおい……」呆然《ぼうぜん》とする吉永シロウ。「お下品な発言はやめろよ。つーか、なんでいきなり攻撃的になるわけ?」

「だってそうだろ。子育ては放棄してるし、経済状態は下げ止まりしたままだし」

「あのね、こう見えてもちゃんと養育費は払ってるの。このあいだは息子に初めて性についてレクチャーしたし。それに経済状態だって緩やかに上向きだもんね。まあ、不安定だけどさ、そういうことを言い出せば、おまえだって不安定だろ?」

「俺とは不安定の水準がちがう」なんだか凄むように言いながらおれの目を見るドラムの目はすでに据わりかけている。「年収いくらだ?」

うへっ。ずけっと訊くなよ、そんなデリケートなことを。「そりゃ、おまえの二千分の一だよ。奢《おご》れよ、今夜は」おれはさっそく湯島くんを呼んで追加注文する。「マッカランの12年をトリプルで。それから、サラミとチーズを厚切りで十枚ずつ。あと、ミックスナッツをバラまきたくなるくらい山盛りにして」

それくらいではまるで動じないらしいドラムは何事もなかったかのように続ける。

「老後のことなんか恐ろしくて考えられないだろ」

「老後っておまえねえ――」

「四捨五入したら俺らも五十なんだ」

「四捨五入なんかしなくていいよ」

「ようするに、あっという間に老後がくるってことよ」

「相変わらず無知だな、ドラムは」おれはぴしゃりと言ってやった。「昨今は、人生百年って言われてるんだ。つまりね――」

「老後が長くなるだけだ」

ひえーっ。これこそ、今夜はなんとしても避けたかったグルーミー&ダークな話題じゃないか。次の話題に行こう。いや、とっとと帰って寝てもいいんだけど、わざわざ歯間にデンタルフロスも通してきちゃったし、意味不明と言えばそれまでだけどボクサーブリーフまで穿《は》き替えてきちゃったし。

「みんな元気かなあ」

「みんな？」

「うん、たとえば、ヒロ子さんとか――」

「おまえ、酒飲むと、結局、そこに戻るよな。後ろ向きなんだよ」

「はっ？　イズミちゃんのことはどうなんだよ？　じゅうぶん後ろ向きだろうが」

「未来を切り開くために、端からは後ろ向きに見えることだってあるんだ」

「おれだってそうなの。視線はいつも未来へ向いてる。おれの頭の中では地球を貫通するリニアモーターカーが通ってるんだ。久美《くみ》ちゃんの暮らすパラグアイまで十二時間」

おれが鮮やかに描く未来図にはついてこられないのだろう、ドラムはため息を一ついてから言う。「パラグアイの久美ちゃん、か」

「そう、パラグアイの久美ちゃん」

注釈。久美ちゃんというのは、ドラムとおれが二十代後半にタイへ遊びに行った時に知り合った、というか、早い話ナンパした、さっぱりしていてとんでもなくキュート、なのに、いや、なのにってのもどうかと思うけど、当時はSM嬢とかコールガールとかをやって生計を立てていて、まあ、職業柄というのか、やんごとなきトラブルに巻き込まれて、具体的には、政府の要人を相手にしていた関係でマスコミに追いかけ回されて、おれとドラムが住んでた賃貸マンションに転がり込んできたことがあって、少しのあいだ一つ屋根の下で仲睦まじく暮らした女の子……ていうか、よく考えれば、もう四十過ぎてるけどね。で、結局、マスコミから逃れるように、いや、じつはかねてから計画を練っていたみたいだけど、タイミング的には逃れるようにして、南米のパラグアイに移住して、大豆農場を営む日系の男性と結婚して、もちろん風俗系の仕事からは完全に足を洗って、むこうの、写真などで見る限りすげえ田舎で、すげえ素朴な暮らしをしながら、女の子と男の子を一人ずつ産んで――。

「一時期はフェイスブックに近況をあげてたよな？」

「そんなの、もう三年近く前の話だ」

「え、そんなになるか？」

「なるよ」

「インスタグラムに切り替えたとか？」

「そんな形跡はまったくないね」

「シロウからメッセージを送ってみろよ」

「あのね、そんなことはとっくにしてるの。フェイスブックのメッセンジャーと普通のメールと。メッセンジャーは二年以上未読のまま。メールには返信なし」

「あそう。でも、元気な時には便りは来ない、ってこととわざもあるじゃないか」

「語順が逆だと思うけど……まあ、わかるよ、言いたいことは」

「もしかしたら、俺たちとは意図的に連絡を断ってるのかもしれないし」

「どうしてそうなるかな」

「だって、ほら、俺たちは、久美ちゃんの過去を知ってるんだから。たぶん、人には知られたくない過去を」

そこでドラムは黙る。おれも黙る。互いに考えている。いや、ドラムは知らないが、おれは考えている。ドラムがパンクIPAのお代わりを注文して、厚切りのサラミを齧《かじ》って、なんでか知らないけど指の関節をぽきぽき鳴らして、山盛りミックスナッツの中からカシューナッツを選んで口に放り込んで、新たに注がれたIPAを一口飲んで、また口を開く。

「ヒロ子さんのとこには、二か月くらい前に行ったよ」

「おい、そういう時こそ、おれを誘えよ」いや、マジで。どうして、この男は、おれがいたほうがいいに決まってる時に、単独行動に出るのかな。「元気だった?」

注釈その二。ヒロ子さんというのは、かつておれもドラムも足繁く通っていた、表看板やショップカード等には〈Good Jazz Music〉と明記されているにもかかわらず、あまり……いやいや、滅多にプロパーなジャズは流れない、バー・アラバマの店主かつ、オーナーの滝本《たきもと》さんの奥さん。というか、最初……いや、コアな常連客となってからも、おれたちには兄と妹だと騙《かた》っていたのだけど、そうではなく、それは男性客を呼び寄せるために滝本さんが考えた戦略で……本人は、ちょっと照れ臭かったんだ、とかなんとか言い訳してたけど、まんまとひっかかったおれたちからすればやっぱり戦略というほかなく、実のところ、当時は妻帯者だった滝本さんとヒロ子さんはちゃっかりできており、それを知った時はかなりのショックで、いやだって、じつはおれ、勢い余ってヒロ子さんに求婚したことさえあるんだからね。まあ、実際、そのあたりからおれは、ドラムはともかくおれは、足が遠のくようになったんだけども、その後、滝本さんは奥さんと別れて、ついに二人は正式な夫婦となったのだった。しかしながら――。

「うーん……ふつうに働いてはいたけど」

「いたけど?」

「滝本さんとは別れるみたいだな」

「そうなのか……。アラバマはどうすんのかな?」

「ヒロ子さんの所有になるとか言ってた。会社じゃなくて、個人経営に」

「なるほどね。人生というのは……」その後をどう繋げていいのかわからずにおれは口をつぐむ。

「いずれにしても、昔のような活気はないよ。アラバマにしても、ヒロ子さんにしても。結局、寄る年波には勝てないってことだな。そうやって、みんな老け込んでいくんだ」

グルーミー&ダークな認識の権化、ドラムくん、おやすみ。おれ、帰って寝るわ。

翌晩の午後十時すぎ、北参道のカタログ制作会社での少々込み入った打ち合わせを終えたあと、おれは久々に、下北沢に向かった。下北沢というか、バー・アラバマへ。下北沢は一年ぶりくらいだけど、アラバマに出向くのは三年ぶりくらいだ。そういえば、先月はヒロ子さんの誕生月だったよな、なんてことも小田急線の中でふいに思い出して、思い出すにはあまりに遅いんだけど、しかし思い出しちゃった以上はしれっとするのもどうかと思ったので、というか、しれっとするのが不得手なので、たしか深夜までやっているお花屋さんがあったよなと思ってそこに寄って、まあ、方向的にはまったく逆なんだけど、アプリコットのアマリリスを奮発して七本も買って、アラバマへ向かった。

ところが、いつもの場所に看板が出ていない。あれれ？と思って、思わず知らず小走りになってすぐ階下まで、というのはバー・アラバマは雑居ビルの二階にあるので、行ったけど、明かりが灯っていない。つーか、お店の存在している気配がまるでない。痕跡すらない。え？なんで？消滅？異次元トリップ？　ほとんど泣きそうになりながら外階段を三段飛びくらいで駆け上がっていったおれの目に「移転のお知らせ」と記されたA4サイズの貼り紙が飛び込んできた。いつもご愛顧ありがとうございます……諸般の事情により下記の住所へ移転いたしました。日付は二週間前。ちゃんと移転先の場所を示す地図まで記されている。なんだなんだ、いい歳して泣くところだったじゃないか。

やってきた道をまた五分ほど戻って、別の道に入って二度ほど曲がり、おおよその場所に着いてから三分ほど探しあぐねて、ようやく、長屋っぽい古びた建物の一階に移転したバー・アラバマを見つけた。心持ち緊張しながら扉を押し開けると、さっそく耳に飛び込んできたのは、シャロン・ヴァン・エッテンの、たしか三年くらい前に出た、車を運転しながら女性が、たぶんシャロン本人が、全開の窓から顔を出しているのをおそらく助手席から撮ったモノクロのジャケットがなかなかイカしてたアルバムからの一曲で、ちゃっかり進化してるような気もするけど、やっぱこれだよなバー・アラバマは、痺《しび》れるー、ひゅー、とか胸の内でつぶやきながら、店内にぐいと足を踏み入れた。と、カウンターの中のヒロ子さんが、年配の男性客とトークしていたらしいヒロ子さんが、いらっしゃいませー、と反射的に告げながらこちらを見、一秒あるかないかのフリーズの後でぱっと破顔し、あらまあ、お久しぶりね、と言い、言うだけじゃなくて表情もそのとおりになって、この、あらまあ、という表情に、かつてはぞっこんだったんだけど、それはともかく、おれは少々かしこまりつつ、こんばんは、ご無沙汰してました、と言って一礼した。

バー・アラバマは、外観同様、内装もだいぶ変わって、床面積も席数も半分くらいのコージーなバーになっていたが、ヒロ子さんから放たれるオーラのせいなのか、お酒のボトルやグラスやおつまみメニューを記した黒板やオーディオその他の配置のせいなのか、どこか懐かしい感じもして、おれは旧店舗での定位置だった、というかカウンターの形状もL型じゃなくなっていたから定位置というのも変なのだが、あえて置き換えれば、そのあたりだと思われる、右端から二番目の椅子に座った。

そうして、ヒロ子さんはおれに温かいおしぼりを手渡しつつ、元気だった？　何年ぶり?とか訊いてきて、おれはそのおしぼりで手と顔と耳の裏側を拭きつつ、まあまあだね、三年ぶりとかじゃない? ヒロ子さんは元気にしてた?とか言って、ヒロ子さんが、おかげさまで、とかこたえて、おれが、誕生日おめでとう、ずいぶん遅くなっちゃったけど、とか言って、隠し運んで足元に置いておいたアマリリスの花束を渡すと、ヒロ子さんは以前のヒロ子さんそっくりに……いや、本人なんだからそっくりというのもヘンか、とにかく風呂上がりのコアラみたいなつぶらな瞳をぴかっと発光させ、覚えててくれたの? ありがとう!と声を弾ませ、しかも頬をうっすらと赤らめるものだから、おれは、十数年ぶりに切ない気持ちに、つまり誰かに恋心を抱いていると往々にしてなる、あの切なさのことだけど、そんな気持ちになった。

「独立したんだってね」おれがギムレットの一口目を味わい終えるとヒロ子さんが言う。

「あれ? 言ってなかったっけ?」

「わたしがシロウくんから聞いたのは、広告制作会社で働いているってとこまで」

「そっか。……まあ、独立したっていうと聞こえはいいけど、のっぴきならない事情なんかもあって会社を辞めて、旧知のコピーライターからおこぼれ仕事をもらいつつ、かろうじてフリーランスでやってます、って感じ」

「すごいね、フリーランスのコピーライターで食べていけてるなんて」

「いやいや、一行書いて何十万円とか、そういう世界とはぜんぜんちがうから、おれがやってるのは。アートディレクターやらクライアントやらにこき使われて……夜の十時すぎに電話かかってきて翌日の正午までに書き直せ、とかさあ……そういう苦役の末にどうにかギャラをいただけるという」

「やっぱり、シロウくん、文才があったんだね」

「いやいや、文才とか、あんまり関係ないような」

「そうかしら?」

「いろんなとこからパクってくる厚かましさこそ大事っていうか」

「やだ、そういう謙遜。シロウくんらしくない」

「いや、マジで」

そこで、年配客がお代わりちょうだいと言い、ヒロ子さんはそちらへ顔を向けたのだけど、その横顔というか、角度でいうと四十五度くらいの斜め顔に、おれはいかんともしがたい陰を、やつれを、悲哀を、見てしまう。

「そうそう」再び、ヒロ子さんがこちらに戻ってくると、おれは言う。言ってしまったほうが楽だし、さっきも言った気がするがしれっとするのは不得手だ。「ドラムからちらっと聞いたよ」

「ああ」ヒロ子さんはたいして表情も変えずに言う。「滝本とのこと?」

「おれが聞いたのは、どうも別れるらしい、ってこと」

「もう別れた」春は曙、などと国語の教科書でも読むみたいな語調で告げるヒロ子さん。

「あっそ」おれも努めて淡白に言う。「やっぱ、まともな大人は一個くらいバツがついてないとね」

「そうよね」そうしてヒロ子さんが見せる、酸いも甘いも嚙《か》み分けたような深い笑みに、おれは図らずも胸が詰まる。

「アラバマの移転もそういうことと関係あるの?」

「そうね、半分くらいは。前のところは家賃もすごく高かったし。あと……あんまり大きな声では言えないけど……お客さんをちょっと整理したかったの」そう言って、ちろっとベロを出すヒロ子さんは相変わらずチャーミング。

聞くところによると、バー・アラバマはすでに書類上もヒロ子さんの所有になっているという。尋ねてはいないし、尋ねる気もなかったのだが、というかむしろ聞きたくないくらいだったのだが、ヒロ子さんは滝本さんとの離婚にいたった経緯も手短に話してくれた。そのあと、おれは、ここのところ頭を悩ませている、というか頭から離れない、アムアイハッピー問題をヒロ子さんに話してみようと思い、ヒロ子さんが、年配客に加わった別の年配客と話している時に、切り口を考えていたのだが、考えているうちに、今のヒロ子さんにとって、アムアイハッピー問題はちょいヘヴィすぎるよな、シャレにならないかも、などと思い直して、結局なにも言わずに、ヒロ子さんの、昔に比べるとちょっとだけ小ぶりになったような気がする、けれどもまだじゅうぶん豊満なおっぱいを、もちろんシャツの上からだけども、ていうか、そんなこと言うまでもないか、ちらちらとバレないように覗《のぞ》き見していた。

「ねえ、シロウくん、来週、時間ない？」年配客たちが帰って、客はおれ一人となったところでヒロ子さんがだしぬけに尋ねてくる。

「来週のいつ？」

「水曜日」

「水曜なら大丈夫だけど、なに？」

「ドライヴに行かない？」

「は？」おれは俄然ドキドキしてくる。「おれとヒロ子さんで？」

「あ、ドラムくんも誘おうか」

「うーんと、あいつは……どうかな」

「わたしからメールしておくけど？」

「いやいや、おれからしておくよ」しないでおこうとかたく思いながら、おれは言う。

「でも、たぶん無理じゃないかな、あいつは。紅白の衣装合わせとか取材とか稽古《けいこ》とか、その前に何本か通常の演奏会も入ってるって言ってたし。あと、ブカレストのストリップバーにも足繁く通ってるみたいだし」

　クっと笑ってからヒロ子さんは言う。「わたしと二人じゃイヤ？」

「イヤじゃないよ。イヤなわけないじゃん。急にどうしたのかなって思っただけ」

「とくに理由はないけど、冬の海に行きたいなあって、このあいだから思ってたの。冬と言うにはまだ早いかもしれないけど」

「いや、そろそろ、冬でしょ。明後日は関東にも雪が降るかもって夕方の天気予報で言ってたよ」

「それに、車検がもうすぐ切れるし」

「つーか、ヒロ子さん、車なんて持ってたの？」

「滝本にもらったの。あの人って、ほら」

「車、何台も持ってたよね」

「そう。だから一台もらったの。でも、もうすぐ車検だから、売るつもり。その前にちょっと遠出したいなって」

「なるほどね」とおれは言い、「いいね」とも言い、「いいアイデアだ」とも言い、最後には「レッツゴー、冬の海へ！」と声を張り上げた。

　バー・アラバマに行ってヒロ子さんと再会した夜とその翌日は、けっこう気分も上がってたんだけども、だから、かなりイエスだったんだけども、その後の五日間くらいは、どっちかというとノーに近かった。つまり、その、アムアイハッピー？の答えね。棚から牡丹餅《ぼたもち》のごとく、ヒロ子さんと二人きりで冬の海へドライヴに行けるという、その一点に限れば、けっこうワクワク、かなりキュンキュン、だいぶドキドキしていたけど、全体的には、白がイエス、黒がノーだとすれば、鼠色と墨色の中間あたりで答えの針はぷるぷる小刻みに震えていた。

というのも、急に……いや、急にじゃないな、以前から胸の奥の洞窟で地味に燻《くすぶ》っていたことだけど、ドラム、ヒロ子さんと、立て続けに会っていろいろと昔の話をしたものだから、再び火勢が戻ってきたのだ。どころか、火柱まで立っているのだ。ようするに、久美ちゃん関連のことだけども。久美ちゃん、どうしてるのかな。ちょっとヘンじゃないか、三年もフェイスブックに投稿がないというのは……いや、そんなにヘンでもないか。久美ちゃんはそもそも煩雑なコミュニケーションは不得手なはずだし、しょーもないプライヴェートを小出しに披露しては、あるいは自分のアホな意見などを垂れ流しにしては、いいね！いいね！と同調し合って悦に入るタイプの人間でもないはずだから、SNSなんていう面倒なものには見切りをつけたんだって考えれば、なるほど得心がいく。しかし、ぜんぜん得心がいかないのは、おれのメールに対する返信がないということだ。いや、ほんと、マジで。そんなことはこれまでただの一度もなかった。エアメール時代はともかく電子メールになってから、ひと月近く返信がないことは過去にあったけど、それは出産とか肉親が亡くなったとかの非常時だけであって、たいていは三日もすれば返信があった。それに、これはべつに自慢でも何でもなく、日本を離れる際の、ラヴレターと言いたいところだけど、宛名がドラムとの連名だから、普通のレターにしておくけど、その手紙の中で、おれとドラムのことを「かけがえのない友だちだと思っているわ」と書いてくれたんだから。そういうことを、易々と、ノリで書いちゃうような女性じゃないんだって、久美ちゃんというのは。その、かけがえのない友だちであるはずの、おれからのメールをシカトするというのは、おれの思い込み、独りよがり、潜在的片思い、みたいなことを差し引いても、やはり考えにくいのだ。

どうしてるのかな、久美ちゃんは。ちゃんと生きてるのかな、久美ちゃんは。それとも人生という曲がりくねった長旅においては、こうやって、かけがえのない友だちだと信じた人でさえ、いつしか疎遠になって連絡もつかなくなって、よう！とか元気？とか参ったよ~とかも言えなくなって、それぞれがそれぞれの場所で、たとえ孤独だとしてもそれぞれの場所で、もしかしたらアンハッピーかもしれないのにそれぞれの場所で、それこそ元は同じ樹にともに茂って薫風《くんぷう》にさらさらそよいでハーモニーすら奏でていたプラタナスの葉っぱみたいに、やがて木枯らしに吹き飛ばされて離れ離れになって車や馬や酔っぱらいに踏んづけられてぺったんこになって冷たい雨に濡れそぼって最後は朽ちてゆくものなのかな。

ていうか、やっぱり、おれという人間は、ドラムの言うようにいつまでも後ろ向きな、感傷的なこと極まりない、チンカス野郎なのか。天にましますわれらの神よ、そのへんのところはどうなんですかね？


見事に晴れて妙に暖かい、こういうのを小春日和というんだろう、水曜日の午前九時半に、ヒロ子さんは、アルファロメオのミトというらしい、黄色くてチャーミングな車に乗って、おれの住み処近くの新宿通りまで迎えにきてくれた。それで、最寄りのコンビニに寄って、おやつやサンドウィッチやドリンクを買い込み、ヒロ子さんが、シロウくんは飲みなよ今日はずっとわたしが運転するから、と言うので、ほんとは運転してみたい気もあったのだけど、そう言ってくれるなら素直に飲んだほうがいいんじゃないかと思い、それに、もう一年くらいはハンドルを握っていないのだし素直にヒロ子さんの提案を受け入れて、缶ビールも何缶か買って、座り心地の良い助手席に乗り込むと、ヒロ子さんはやけに慣れた手つきと目つきで、シフトレバーをいじりルームミラーで後方を確認し、ミトを発進させた。

久々のドライヴは、しかも、小春日和のドライヴは、さらに、まあ、恋心という意味では微妙だけどもそれにしてもいまだチャーミングな女性とのドライヴは、たとえ助手席だろうとそんなことには関係なく、おのずと心が躍り、おれが大人げなくソワソワ、ウハウハしているうちに、ミトは首都高速道路をけっこうな速度で走っていた。

カーステレオにはヒロ子さんの、今やほとんど見かけなくなったｉＰｏｄクラシックが繋がれていて、そこから、さすが、ジャズは滅多にかからないジャズバーの店主、と言いたくなるような、最高にワンダフルな音楽がシャッフルで流れ、それを耳に入れながら、たまにいいかげんな英語で口ずさんだりもしながら、おれとヒロ子さんは、とりとめのない話を、つまり、最近観た映画の話だとか読んだ本の話だとか行ったライヴの話だとか、少々の時事トピック、とりわけトランプ氏の大統領選勝利についてだとか、それから、おれの息子の話だとかをした。それは、繰り返すが、ヒロ子さんとの間で交わす、本当に久々の、おそらくは十数年ぶりと思われる、意識の上では魂胆とか暗喩《あんゆ》とか仄《ほの》めかしとかもナシの、純粋なる、とりとめのない話だったのだけど、それでも、そのとりとめのなさの中には、十数年前にはなかったはずの、哀感やら重めのユーモアやら含蓄やらがさりげなく混じり込んでいて、ふっと胸が詰まって泣きそうになったり、あーそうそう、そのかんじメッチャわかるわー、なんて言い合って、膝を叩いたり、足をバタバタさせたり。まあ、足をバタバタさせられるのは、運転していないからなんだけども。

そんなふうに、中年期における青春時間、とでも呼びたい時間を過ごしてる間にも、まあ、よく考えたら、こんな時間はリアル青春期にはなかった気がするけど、それはともかく、ミトは高速をどんどん進み、やがて高速を降りて、小さな町を通り抜け、田んぼや畑のあいだを、それから空き地やら荒れ地やら雑木林やらを走り抜け、ついには、海に、冬の海に出た。

「うわ〜。誰もいないじゃん」

車を降りて浜辺に出るとおれは言った。

「ほんと。カモメだけ」

「都心からたったの二時間程度で、こんなところに来れちゃうなんて知らなかったな」

「わたしはよく来てるの」

「え、そうなの？」

「うん、シロウくんと会わなかった、この三年くらいの間に、よく来てた」

「そんなこと言われると、また泣きそうになっちゃうよ」

「泣きそうに？」ヒロ子さんはおれの顔を見て言う。「どうして？」

「なんて言ったらいいんだろう……うん、だから、つまり、ここ何年かは自分のことで精いっぱいで、そりゃ少しはサボったけど、それなりに必死にやってきて、仕事もそうだし家族のこともそうだし、そんなこんなで、自分のことにかまけてる間にさ、大好きな友人たちは、それぞれに苦しんでたり傷ついてたり、にっちもさっちも行かなくなってたりしてたわけじゃん？　なのに、おれはなんにもできなかったわけじゃん？　そんなの当たり前だって言われればそれまでだけど、なんかさ、切ないっていうか悲しいっていうか悔しいっていうか……ヒロ子さんだって一人でこんなとこに来て、わぁんわぁん泣いてたんでしょ？」

「泣いてない、泣いてない」

　そんなふうにヒロ子さんはまた笑いながら否定して、でもその笑いの中に、おれは笑いじゃないなにかを感じ取ってしまって、やっぱり泣きたくなって、でも一方で、さっきから泣きたくなってばかりいる自分が、たしかにビールでほんのりと酔って感情が豊かになってしまっている部分はあるけれども、やっぱりセンチメンタルな阿呆みたくも思えてきて、つまり、ドラムが言うところの、感傷だけ発達したチンカス野郎みたいに思えてきて、その場にじっとしていられなくなって、ざぶんざぶん音をたてる波打ち際にむかって、ダッシュした。

　それからは、なんとも用意周到なヒロ子さんが持ってきた、懐中電灯みたいな形をした、ブルートゥース・スピーカーにｉＰｈｏｎｅを接続して、そこから流れる、繰り返すけど、最高にワンダフルな音楽を聴きながら、浜辺に座って海や空や海と空が交わるあたりを眺めたり、ぶらぶらと浜辺を歩いたり、ちょっと走ってみたり、石ころを海に向かって投げてみたり、二人ともが大好きな曲がかかった時は踊ったりもして、そのうちおれは、べつに性衝動とかじゃないはずなんだけど、ヒロ子さんをぎゅっと抱きしめたくなり、実際そうしかけたのだけど、さりげなく躱《かわ》された気がしたので、気がしただけかもしれないけど、自分ではそんな気配を感知したので、なにもせず、そんな気持ちになったことがちょっと恥ずかしく、それを紛らわすために、また波打ち際に向かってダッシュして、中空を舞うカモメたちに、カモン、カモンとか叫んでると、大きめの波がやってきて、スニーカーと靴下とジーンズの裾をびしょびしょにしてしまった。

そうして、陽射しがだいぶ陰ってきたころ、二人で並んでピクニックシートの上に座っている時に、最初からヒロ子さんに話そうと思っていたわけではないのだけど、やはり心に引っかかっていたからなのだろう、久美ちゃんのことを、久美ちゃんが音信不通になっていることを話すと、ヒロ子さんは言った。

「シロウくん、パラグアイまで行ってきなよ」まるで、軽井沢まで行ってきなよ、とでも言ってるみたいな口調で。

「え？　パラグアイまで？　本物のパラグアイまで？」

「だって、久美ちゃんが向こうに移住した当時は、ずっと言ってたじゃない？　次にまとまったお金が入ったら会いに行くんだって」

「たしかに言ってたけど、まとまったお金なんて一度も入ってないもん。今だって、どうにか暮らしていけてるってだけで、貯金とかないし」

「なんとかなるって」

「なんとかなんてならないって」以前なら、なんとかなるに決まってる、とかって大声で言っていたかもしれないおれは小声で言う。

「きっとドラムくんが貸してくれるよ」

「いやいや、あいつに借りたらおしまい。地獄まで取り立てにくる」

「わたしも少しなら貸してあげる。車売ったお金を」

「……え、あ……そ、そんな」どうしてそこまでしてくれるんだ？　そんなふうに言われると、なんだかきまり悪いんだけども。

「ねえ、シロウくん」こちらに顔を向けたヒロ子さんの目つきも、その口調も、さっきまでとは明らかに違っている。

「はい」おれは思わず知らず居住まいを正す。

「シロウくんって、なんのかの言っても幸運な人だと思うの。それは自分でもわかってるでしょ？」

「たぶん。……そうだね、うん、幸運だと思う」

「きっとね、そういう星の下に生まれたの。幸運な星の下に」

「まあ……そうかもしれない」

「でね、幸運な星の下に生まれた人には、そのぶん使命ってものがあるんじゃないかしら？　責務って言ってもいいけど」

おれは黙って冬の海を見つめる。水平線に近いところに大きな貨物船が見える。どこから来てどこに向かうのか。

「さっき、自分でも言ったじゃない？　大好きな友だちが苦しんでる時になんにもできないのは悲しいって。そりゃあ、シロウくんにもできないことはいっぱいある。相手からすれば余計なお世話だっていうこともあるかもしれない。でも、なんとかしようっていう、その気持ちはきっと伝わっていくと思うの。伝わっていって人を少しは幸せにすると思うの。あとね」ヒロ子さんはそこで、いったん話を中断する。まるで、おれが何十メートルも遅れてて、そんなおれが自分に追いつくのを待つみたいに。「シロウくんがいないと、みんなほんとにバラバラになっちゃう気がする。もちろん、それぞれの人生は、それぞれに生きるしかないんだけど。でも、元気なのかどうか、それくらいはわかる、そして、もし元気じゃないなら少しは励ましてあげられる、それくらいの距離にはいたいじゃない？　地理的なことじゃなくて。感覚的な距離のこと。わたしの言ってること、わかってもらえる？」

「うん、わかってると思うよ」

「バラバラになりかけてるみんなをゆるく、ゆるくでいいから、繋ぎとめる。それが、幸運な星の下に生まれたシロウくんの使命であり、責務……じゃない？」

おれは何も言えずに黙り込む。

「わたしからもお願いする。パラグアイに行ってきて。久美ちゃんが元気でやっていたら、それはそれでいいし、元気じゃなかったら何か助けてあげられるかもしれないじゃない？　久美ちゃんもきっとすっごく喜ぶよ」

そこまで言うと、ヒロ子さんはすっくと立ち上がり、波打ち際に向かって、真っ直ぐではなく、斜め前方に、おれの視野からわざと逸れていくかのように、ゆっくりと歩いていった。その後ろ姿を目の端で捉えながら、おれが思案したことというのは……ヒロ子さんの言ってることは、かつてのヒロ子さんも時おりそうだったように、ハチャメチャなようで、なんとなく筋も通っていて、直線的な筋じゃないんだけども、迷路を進むようなクネクネの筋なんだけども、やはり通ってるのは認めざるを得なくて……そう、つまるところ、おれは、いくつになっても調子に乗りやすいおれは、ここは男らしく、いや、男とか女とかどうでもいいんだけど、ここはひとつ、人間らしく、いや、人間らしくってヘンか、とにかく、パラグアイまで行っちゃおう、というものだった。そんなふうに決意すると、おれの心は、大きなイエスに満たされ、おれはハッピーだぜと確信し、体の奥からエネルギーまで湧き出てきて、さっとシートの上に立ち上がると、空を見上げて目を瞑《つぶ》り、それこそ南米のサッカー選手よろしく胸の前で十字まで切って、神に祈った。天にましますわれらの神よ、いつも見守ってくださってサンキューヴェリーマッチ。聞いてましたよね、今のヒロ子さんの話？　そういうわけなんです。おれ、地球の裏側まで行ってきますよ。で、ほら、ドラムやヒロ子さんに借りたお金だけじゃ、貧乏旅行になりそうなんで……いや、だから、その、もういいかげん貧乏旅行っていう年齢でもないじゃないですか、やっぱ。旅の途中で知り合うかもしれない、きれいな女性と美味しいご飯とかも食べたいし。なので、どうかもう少し仕事をください。なるべく、こき使われない系の仕事を。よろしくお願いします……アレルヤ。

2. 予期せぬ再会

パラグアイに行く。久美ちゃんに会いに行く。どんなに離れていてもどれだけ会えないでいても、依然としてかけがえのない友だちであるはずの久美ちゃんに。

そのように決めた以上は、実現に向けて奔走しなくてはならない。ようするに、旅行費用のことだけども。わたしも貸してあげる、とかなんとかヒロ子さんは言ってくれたけど、ヒロ子さんに借りて、もし返済が滞ったりすればバー・アラバマにも行きにくくなってしまう、つまり、せっかく久々に再会してちょっぴりウフフな関係も再起動したというのに借りたお金のせいで再び疎遠になる、なんてことはなんとしても避けたいから、まあ、壮行パーティの際とかに餞別《せんべつ》くらいはありがたく頂戴するにしてもね、やはり高額融資の申し出は丁重にお断りしようと思う。となれば、これはもう、ドラムこと上田健夫くんに頼るほかない。いくら稼いでいるのかは知らないけれど、どう考えても可処分所得はおれより遥かに多いだろうドラムに。まあ、完済するまでは地獄世界における北極圏にまで追いかけてきそうなドラムであるが、一方で、酒池肉林を繰り返しているうちにころっと忘れてしまいそうなのも、あるいは、うまくヨイショし続ければ、いいよもうそんな端金《はしたがね》は、とか口走ってしまいそうなのもドラムである。まさにバカとハサミは使いよう……いや、その、踏み倒す気はないのだけど。しかし、人生、何が起こるかわからない。今日は人の上明日は我が身の上。万が一、踏み倒さざるを得なくなったとしても、相手がドラムならば、おれの気持ちはかなりライト&カジュアル、はっきり言って。さすがに面と向かっては言えないけどかなりライト&カジュアル、はっきり言って。それにさあ、しこたま儲けているやつにはしこたま儲けているやつの責務ってものがあるじゃんねえ。たとえば、累進課税制度ってそういうことだと思うけど、どうせあいつの場合は脱税系にも手を染めてんだろうし。

というわけで、さっそくおれはドラムに電話した。が、何度かけても留守電。首相官邸の吉永と申します、大事なお話があります、お忙しいところ恐縮ですが、お手すき次第お電話をいただきたく存じます、なんて、あえて敬語を使ってメッセージも残したのだが、それでもいっこうに電話は鳴らず。くそっ、何だと思ってんだよ、おれのことを。おまえが今ロックンロール・ドラマーとして成功してるのは、おれたちが四半世紀前にやってたB級パンク・バンドで、リハやライヴのたびに未熟なドラミングをおれが時に厳しく時にあたたかく批評してやったおかげじゃないのか？　ん？　どうなんだ？……ま、たぶん違うけど、そんなことすら思いながらムキになって電話をし続けること、だいたい二十三回目、最初の電話から四日と約十二時間を経て、ようやく本人が出た。

「ようやく繋がったな」ドラムはやたらと賑々《にぎにぎ》しい環境をバックに平然と言う。

「それはおれのセリフだっての」なんかもう、端から調子が狂うんですけど。

「死ぬほど忙しいんだよ」

「紅白関連でか？」

「それもあるし、他にもいろいろと」

「ドラムなんてただドラム叩いてるだけじゃん。なんでそんなに忙しいわけ？　段違い平行棒の練習でもしてるのか？」

「いろいろあるんだって、芸能界というところは」

「芸能界ってなあ……おまえ、前に自分で強調してたじゃん、おれが身を置いてるところは、あくまでも音楽業界であって芸能界じゃないって」

「で、何よ？」ちょっとでも形勢が不利になると人の話を無視するのは、今に始まったことではないが。

「いや、その、電話で話すのもナンだし。カシューナッツでもつまみつつ」

「そんな時間はないね」

「つーか、今も飲んでるだろうが。麦芽とボインが匂うぞ」

「芸能界ってのはな、そういうところなんだ」

「けっ」

「いずれにせよ、今週は無理だ」

「じゃあ、来週」

「来週ならなんとかなるかな」

「なる、なる。なるよ」

「こっちから連絡する」

「ちゃんとしてこいよ」

「あたぼうよ。そんじゃ」

とか言って、慌ただしく電話を切るドラム。しかも、回線が遮断される寸前に「タケオちゃ〜ん」とかいうボイン系の黄色い声が紛れ込んでくるし。くそっ。絶対に借りてやる。なにがなんでも借りてやる。石に齧りついてでも借りてやる。


とはいえ、おれのほうもなんやかやと忙しく。それに、ドラムだけをあてにするわけにはもちろんいかないので、つまり、自分でもがっつり稼がなくてはいけないので、単に旅行費用だけじゃなく、たぶんひと月くらいは仕事を休むことになるんだから帰国後の生活費もあらかじめ稼いでおかなくてはならないので、たびたび仕事をもらっていて比較的グルーヴも合うとこちらとしては思っている広告制作会社のチーフ・ディレクターに、なんかないっすかねー、などと自分から電話してみたりもして。ちょうどよかった、後で吉永くんに電話しようと思ってたところだよ、あるんだ、ちょっと大きな案件が、とか言われて、まじっすか、ラッキー、なんだってやりますよ、とか言って、詳細やギャランティを聞く前に二つ返事で引き受けたりして。

で、その日は、午後一時から、南青山のアパレルメーカーで打ち合わせがあり、実情は業界最底辺の下請けコピーライターではあるけれども、舐められるわけにはいかないので、アイロンがけしたボタンダウンシャツとニットヴェストを着てハリスツイードのジャケットを羽織るなどいつになくお洒落《しゃれ》をして、さらにはうなじや鎖骨にパフュームをすり込んだり、滅多に使わないワックスで整髪したり、まあ、逆に白髪が目立ってしまって慌てて洗い流したけど、とにかく少々気張って出かけた。

そうして、二時間半におよぶ、なかなかに手強い、というか、あまりのタイトな進行スケジュールに冷や汗すら流れる打ち合わせが終わり、それじゃあよろしくお願いしますーとか言って、先方のクリエイティヴ・ディレクターやらプレス担当者やら広告制作会社のアート・ディレクターやらデザイナーやらと別れて、おれはトイレへと急いだ。というのも、打ち合わせの最後の十五分間くらい、脂汗を流しつつ必死に我慢していたのだ。えっと、その、つまり……ウンコを。ウンコというか、下痢を。緊張が続いたりすると、よくなるんだよなあ、こんなふうに。小学校低学年の時からそうだった記憶があるけど、中年期に両足とも突っ込んだ今になっても、この症状は治っていない。

いやまあ、それはともかく、おれはそのアパレルメーカーがテナントとして入ってる、かなりデカいけど小洒落たビルの小洒落た男子トイレの小洒落た大便用個室に、入る前からベルトやジーンズのボタンを外しながら、駆け込んだ。しかし、季節柄タイツを穿いていたせいもあり、ほんの一秒かそこら下着を下ろし遅れ、ダーティーな話でまことに恐縮だけど、ボクサーブリーフに懸念のブツの最初の何グラムかを漏らしてしまった。でまあ、かなりアクロバットな体勢で、新体操の決めポーズみたいな体勢で、というのは、つまり、ほら、ギリギリだったわけで……つーか、そんなこと詳《つまび》らかに説明する必要ないか……残りのブツを無事便器の中に出し切り、ひとまず安堵《あんど》のため息をつき、乱れた呼吸も整えてから、汚れちまったボクサーブリーフを他の衣類やスニーカーを汚さないように慎重に脱ぎ、ったくよー、なんでこうなっちゃうかなあー、こういう粗相をするのっておれだけなのかなー、それとも人には言わないだけでみんなにもあったりするのかなあー、キムタクとか深キョンとかNHKの女子アナとかにもあったりするのかなー、なんて考えながら、情けなくてちょっと泣きそうにもなりながら、便器の中でせっせと洗ったのだけど、洗い終わったボクサーブリーフをどうしたものやら。いや、公園の片隅の公衆便所とかだったら便器の裏側とかに放置するんだけどね、実際にやったことあるし、けど、こんな小洒落たビルの小洒落たトイレに放置するのはやっぱちょっとまずくない？　つまり公衆衛生に反しない？とか思って。ゴミ箱の類いも見当たらなかったし。そのうえ、そのボクサーブリーフというのが、クリスマスと年末年始に向けて先週伊勢丹新宿本店で買ったばかりの、しかも税込で四千円を超えた、いわば、勝負パンツであり、それを易々と手放すのはあまりにも惜しく。よし、鞄に突っ込んで持ち帰ろう、と決め、しかしながら先刻頂いたばかりの紙資料等をウンコまじりの便器の水で濡らしてしまうのは忍びなく。どっかにポリ袋があったりしないかなあ、備品が保管されてるはずの物入れとかに入ってたりしないかなあ、などと思って、個室のドアをそろりと開けると、いつのまにか清掃業務が始まっていたようで、小便器をブラシでコシコシ擦る掃除係のおばさんの後ろ姿が目に入った。すみませ～ん、とドアの隙間から弱々しく声をかけると、おばさんは振り向いたのだけど、そのおばさんというのが、上下それらしい作業着を着て頭にもそれらしいスカーフを被《かぶ》っているにもかかわらずトイレを清掃するおばさんっぽくはなくて……なんていうと、全国津々浦々でトイレを清掃してくれてるおばさんにいささか失礼だけども……まあ、ようするに、場に不相応に洗練されてるというか、男子トイレで遭遇するには美しすぎるというかで、少々バツが悪くなったものの、今さら、なんでもありません呼んでみただけです、とは言えないので、ポリ袋かなんかありませんかね、ちょっと下着を汚しちゃって、と正直に告げた。すると、おばさんっぽくないおばさんは、あ、はい、ちょっと待っててください、と、汚れた下着云々に動じる様子は微塵《みじん》も見せずに言ってくれて、すたすたその場を離れ、ものの一分もしないうちに戻ってきて、白いポリ袋を個室のドアの五センチくらいの隙間から手渡してくれたのだけど、俄然おれの心臓はバクバクし始めてて。バクバクっていうか狂ったドブネズミみたいに暴れだしてて。というのも、その掃除係のおばさんっぽくないおばさんは、至近距離で見ると、掃除係のおばさんっぽくないだけじゃなく、なんとなんと、あろうことか、久美ちゃんにも似てて。そう、パラグアイで暮らす西野《にしの》久美ちゃんに。おれが早ければ年明け早々、遅くとも陽春がやってくる前までには会いに行こうとしている西野久美ちゃんに。しかしまあ、地球の反対側、時差でいうと十三時間違うパラグアイ共和国で暮らしている久美ちゃんが日本国の東京都の港区の南青山にも同時に存在するというのは、明らかにオカルト現象なわけで、オカルトが不得手なおれは、ドアを閉めてそのドアにもたれかかって深呼吸しつつ、さっと神を呼び出して、我に落ち着きを与えたまえ、なんて手短に祈り、それから、濡れ汚れたボクサーブリーフをポリ袋に入れて口もしっかり結んで鞄に突っ込み、あとで久美ちゃん似のおばさんっぽくないおばさんがチェックするだろうからそれを見越して、便器やその周辺にウンコその他がこびりついていないかを念入りに確認し、こびりついていたものは自分のものであろうと他人のものであろうとトイレットペーパーでしっかり拭き取り、落ちてた陰毛らしきものまで拾って流し、再度、深呼吸を二度ほどしてから、ドアを開けて個室から出た。

それで、二つほど隣の個室内を掃除していた、というか姿は見えないけど、そこで何やら清掃作業をしているのは明らかな、おばさんっぽくないおばさんに、ありがとうございましたー、と声をかけると、いいえ、どういたしまして、などと言いながらおばさんっぽくないおばさんは個室から顔をのぞかせたのだけど、よく考えるまでもなく、それはこの一連の流れにおいて、おれがおばさんっぽくないおばさんの前に総身を晒《さら》した、かつ、双方の目と目が寸分の違いなくばっちり合った初めての瞬間だったのだけど、おれとおばさんっぽくないおばさんは、時が止まったみたいにフリーズした。

「た、助かりました……」おれはどうにか声を絞り出しつつ、ぺこっと頭を下げた。まさかまさかまさか、と心の内でリフレインしながら。

「もしかして……」おばさんっぽくないおばさんは個室から身体のほうも露わにしながら、囁くように言う。「シロウくん？　吉永シロウくん？」

は？　なんで、このおばさんっぽくないおばさんはおれの名前を知ってるの？　おれ、こう見えてもアイドル歌手とかじゃないんですけど？　え？　やっぱり？　本物の？

「く、久美ちゃん？　西野久美ちゃん？」

「うわーっ」と驚きの声をあげながらおばさんっぽくないおばさんが破顔すると、それはもうおばさんっぽくないおばさんにはぜんぜん、まったく、一〇〇%、見えない。

「シロウくんなのね！」

「久美ちゃん！」

オーマイガッ。天にまします我らの神よ。どういうわけでこんなことになってしまうのですか？　なぜにこんなアンビリーバブルな再会を仕組んだのですか？　まさか、おれたちをからかって抱腹絶倒しているわけじゃないですよね？

「ど、どうしてこんなところに？」

久美ちゃんはその問いには答えず、おもむろに姿勢を正すと、共同生活を送ったことすらある旧友にたいしてはいささか恭《うやうや》しすぎるほど深々と頭を下げた。「ごめんなさい、なんの連絡もしないで。本当にごめんなさい」

「いやいや、そんなことはさておき」おれは再会の驚きと嬉しさと照れ臭さと、ウンコのせいもあるんだろうけどなんとも言えない居心地の悪さと、パラグアイ訪問へ向けて意気込んでいたゆえの脱力感、さらにその他もろもろの名付けようのない感情で全身ピンボールマシンのようになりながら言う。「何年ぶり？」

「……十五年とか？」

「そんくらいになるよね」

「ほんとに、ごめんね」と再び謝る久美ちゃん。「一言では言えない事情があって」

「いや、いいんだよ、元気だったならば……今、どこに？」

「青砥《あおと》。葛飾区《かつしか》」胸のところに清掃会社のものらしいロゴがオレンジの糸で刺繍《ししゅう》された紺色の作業着を上下で着て、髪の毛を同系色のスカーフで覆って、両手にピンクのビニール手袋をはめ、その左手には柄つきブラシを持った久美ちゃんは言う。「シロウくんは？」

「おれ、四谷三丁目」

「ドラムくんも？」

「いやいや、あいつとはとっくに別居した」別居って表現はなんかヘンなんですけど……まあいいや。「活躍してるよ、ドラムは」

「そうみたいだね。このあいだ、ちらっとテレビで見かけた。……シロウくんはこのビルで働いてるの？」

「いや、今日は打ち合わせでたまたま……ていうか、こんなところで話すのもナンだから、このあと、久美ちゃんの仕事が終わってからどっかでお茶でもしようよ」

「それが……ごめんなさい。今日はすぐに帰らなくちゃいけなくて」

「あそう……えっと、どうしようかな」

「メールする。アドレスは変わってない？」

「変わってないよ」

「必ずメールする。二三日中に、必ず」

そうして、久美ちゃんは再び顔を綻《ほころ》ばせたのだけど、それは、偶然の再会を喜ぶ笑い、そして今後の展開を期待する笑い、というよりは、決まり悪さをごまかすような、詫び足りてないのを補うかのような、そして、哀しみや諦めすらこもったような笑いであるように感じられ、ここはひとまず去るべきだ、いずれにせよ出直すべきだ、何事もタイミングが肝心なのだ、というような横書きの文言がおれの頭を右から左へとよぎり、それらに突き動かされるようにおれは、わかった、待ってるよ、じゃあね、と告げ、小洒落た男子トイレから、ほとんど逃げるように、逃げる必要なんかぜんぜんないのに逃げるように、退出した。退出してすぐに、ウンコの飛沫《しぶき》が付着しているに違いない手を洗っていなかったことに気づいたのだけど、手を洗いにトイレに戻るのはどうにも気まずく、もういいや手ぐらいウンコぐらいどうせ自分のだし、とか思って、そのままエレベーターに乗って地階に降り、小洒落たビルを後にした。

このアンビリーバブルな出来事を真っ先に伝えるとしたら、やはり、ドラムを措《お》いて適任者はいないわけで。しかし、少し頭を冷やしてからのほうがいい気がしたので、おれは半時間ほどかけて歩いて自室に戻り、熱めのシャワーに打たれ、それから、ザ・フォールの『ザ・ワンダフル&フライトニング・ワールド・オブ・ザ・フォール』というLPレコードをラックから選び出し、どうしてそれを選び出したのかは自分でも説明がつかないし、これが映画のワンシーンでおれが選曲担当者なら監督に大目玉を食らいそうな選択だけど、そのレコードをターンテーブルに載せて針を落とし、許される限りの大音量で鳴らしながら、腹筋を五十回と腕立て伏せを二十五回とスクワットを五十回遂行し、それから、仕事上の済ませるべき何本かのメールと、明日の昼までに提案するように言われていた健康食品会社向けのキャッチコピーとサブコピーをそれぞれ三パターンほど、猛烈な勢いで書き上げた。

そうして、満を持して、というのも大げさか、まあとにかく、ドラムに電話を入れたが、案の定応答はなく、留守電に、アルマゲドンクラスのニュースだ、すぐに電話しろ、とメッセージを残し、ついで、ほとんど同じ文言をテキストメッセージでも送った。とはいえ、ドラムの最近の素行から予想するに、すぐにかかってくる可能性は万に一つあるかないかだろうから、さあてどうしようかなと考え始めたのだけど、ものの三秒も経たないうちに、おれの心のプラネタリウムに一等星が輝いた。そう、バー・アラバマ。思いついてしまうと至極当たり前な気がするのに、思いつくまでは我が意識の裏側をひっそりと周回する一等星、バー・アラバマ。いや、かつては常に表でギンギンに輝いていたのだけど、いつしか裏に隠れるようになった、バー・アラバマ。おれはさっと……いや、わりと念入りに、身支度を整えると、アラバマ@下北沢を目指して部屋を出た。

無意識のうちに旧店舗を目指してしまい、引き返して移転後のアラバマにたどり着いたのは、それでも十九時前だったのだけど、すでに二人の男性客が、還暦を過ぎていると思《おぼ》しき二人の男性客が、店内に流れる、たぶんデ・ラ・ソウルの、たぶん新譜には似つかわしくない雰囲気の二人の男性客が、カウンターの真ん前に陣取ってヒロ子さんとなにやら話し込んでおり、ヒロ子さんをしばし独占できると思い込んでいたので少々がっくりきたものの、それは胸の奥に押し込めて、あらまあ、いらっしゃい、と言うヒロ子さんに、さっとニヒルに微笑《ほほえ》むと、我が指定席にしようと目論み中の右端から二番目の椅子に腰を下ろした。ギムレットを。


「シロウくん、何かあった？」ヒロ子さんはおれがギムレットの一口目を味わい終えたところで尋ねてくる。

「何かあったように見える、おれ？」

「見える。シロウくん、わかりやすいもん」

「何かあった、というか――」

「誰かにばったり会った」

「え、あ、何でわかるの？」

「シロウくん、わかりやすいもん」と繰り返すヒロ子さん。

「いやいや、ちょっと待ってよー。ヒロ子さん、人知れず超能力でも鍛えてるの？　あるいは、神様とマブダチとか？」

「誰に？」ヒロ子さんはおれの問いをスルーして訊いてくる。

「誰だと思う？」

「……久美ちゃん？」

「なんだよ、もう。どうなっちゃってるの、これ」

「シロウくん、わかりやすいもん」三たび、そう言って含み笑いをするヒロ子さん。それから、真剣な表情に戻り「ほんとに？」とあらためて問う。まるで、ほんの冗談で言ったら正解だったとでも言いたげに。「ほんとに久美ちゃんに？」

「そうなんだよ。気絶するかと思ったよ」

おれは再会の顚末《てんまつ》というか場面を、ウンコの部分というかダーティーな側面はなるたけマイルド化して、話した。それから、久美ちゃんからそれとなく漂っていた哀感のようなもののことも。あるいは、それは庶民の生活臭とでもいうべきものなのかもしれないけど。

「なにはともあれ、元気で良かったね」

「元気なのかどうかは……」

「そうやって働けてるってことは、それなりに元気ってことでしょ」

「まあ……そうだね、たしかに」

「子どももいるんだったよね？」

「おれが知ってる限りでは二人。女の子と男の子。もう十歳くらいになるはずだけど」

「その子どもたちも日本で暮らしてるってことよね？」

「うん、だから、仕事が終わったらすぐに帰らなくちゃいけないんだ、とおれは解釈したんだけど」

「それにしても、お掃除の仕事をしてるなんて、久美ちゃんらしいよね」

「え？　そう？」元コールガールの久美ちゃんが？

「うん、久美ちゃんらしい気がする。以前とは正反対……正反対かどうかはわからないけど……同じ系統の仕事だってできたはずなのに、そうしないところが久美ちゃんらしいし、カッコいい」

「カッコいい？」

「と思うけど、わたしは」

カッコいい、か。まあ、そうかもしれない、言われてみれば。欲しいとはつゆ思わぬ商品を売るためにしゃあしゃあと広告文を書きなぐっている男よりは。紅白なんていう国民的アホ番組にのこのこ出てゆくロックンロール・ドラマーよりは。

「メール、来るかな」

「来るって。大丈夫」それからヒロ子さんは一転しておどけるような表情と口調になって言う。「でも、ちょっと残念だったね」

「なにが？」

「パラグアイに行けなくなって」

「いやいや」何が言いたいんだ、ヒロ子さんは。「そんなこともないよ」

「わたしも行っちゃおうかなって思ってたのに」

「は？　おれといっしょに？」

「うん」

「そ、それは残念だよ！」おれは思わず知らず席から腰を浮かしている。「行こうよ！」

「そんなチャンスがまた訪れたらね」

そうして、うふふふ、とおれをからかうように笑うヒロ子さん。からかわれているのかもしれなくても心乱れるおれ。

ともあれ、ヒロ子さんにアンビリーバブルな出来事を話したことで、おれはだいぶ落ち着き、ほとんど平常心というところまで戻ったので、仕事がたまってるから、と言って、二十時半にはアラバマをあとにした。それで、ディスクユニオンに寄って中古レコードを物色して三枚ほど購入し、電車を乗り継いで四谷三丁目に戻って行きつけの中華食堂に入り、ホールを切り盛りする台湾出身のおばさんらしいおばさんと軽く世間話をしながら麻婆豆腐定食を食べ、部屋に戻って購入したレコードを聴くともなしに聴きながらそのへんに落ちているというか置きっぱなしになっている種々のフライヤーや雑誌や本などをぱらぱらめくっているうちに日付が変わり、ひと仕事してから寝るか、今日はもう寝てしまって明日早起きして仕事するか、などと迷っている時に、なんとびっくり、いや、びっくりでもないけど、というか本当は当然だけども、いやいや、当然どころか遅すぎだけど、ドラムから電話がかかってきた。もしもし？

「今すぐこっちへ来い」とドラムはまたもや賑々しい環境をバックに言う。

「まったく謙虚な人だよね、ドラムくんって」

「芸能界の住人だからな」

「そうやって開き直ってると延髄《えんずい》にウジが湧くんだぞ」

「すげえニュースがあって」

「それ、おれのセリフ。気絶する準備をしておけ」

「俺のニュースこそ失神もんだ」

「いやいや、おれのにはかなわない」

「ま、いいから、すぐに来い」

「ってどこに？」

「わりと近くだ」

さっそくドラムからテキストメッセージで住所等の情報が送られてきたので、さっと歯だけ磨いて部屋を出た。で、白くて丸めの月がさえざえと輝く寒空の下、グーグル・マップで検索しつつ、電話をもらってから半時間ほどで指定のお店にたどり着いたのだけど、それは、意外にも、というか、予期せぬことに、新宿二丁目の外れのおかまバーだった。

その〈West End Spirit〉という名のおかまバーは、平日の深夜にもかかわらず、まあ、師走も半ばなのだからこんなものなのかもしれないが、女装した男と男装した女と一見ふつうだけどどことなくふつうじゃないオーラを放つ男女とでぎゅうぎゅうに混み合っており、おれは一見どころか中身どころか骨の髄までふつうの人なので少々気後れしちゃったけれども、こっちこっちと手招きするドラムにいざなわれるままに、カウンター端のストゥールに腰掛けた。いつものごとくひたすらビールを飲み続けているらしいドラムに、なに飲む?と訊かれ、じゃあ同じのを、と答えると、ドラムはカウンターの反対側にいた店主とおぼしき人物に注文し、その五十がらみの、あるいはもっと上の、おじさんというかおばさん、あるいはおばさんというかおじさんが、アルコール度数の高そうな濃い琥珀《こはく》色のビールで満たされたパイントグラスを持ってきてくれると、ドラムはおれを、吉永シロウ、とだけ紹介した。

「こちらは、ミラさん」ドラムは続けてその人物をおれに紹介する。

はじめまして、とおれが言って軽く頭を下げると、ミラさんはルビーレッドの口紅をべた塗りした唇をニッと開いて、ようこそ、と告げ、その短い挨拶を補うかのようにドラムがおれに向かって言う。はじめてじゃないはずだぜ。そして、なにやら意味深に笑う。

「はじめてだよ」おれはドラムに言い、ミラさんからも同意を得ようとする。「はじめてですよねえ？」

ミラさんは再び唇をニッと開いて笑うものの、何も言わない。

「よく見ろ、ミラさんを」とドラム。

よく見た、ミラさんを。その女装したおじさんを。具体的には、プラチナブロンドのボブ風ウィッグに、ラメが入った深い青のVネックのニット、ルビー色の巨大なハート型ペンダントと十八世紀のシャンデリアみたいなイヤリング、そして、ロイ・アンダーソンとかアキ・カウリスマキとかの映画に端役で出てきそうな、場末の娼婦を思い起こさせるキッチュな化粧を施したおじさんを。率直に言わせてもらえば、気色悪いおじさんを。……ん？　あ？　あれ？　えっ～⁉

「ひょっとして……キースさん？」

「ピンポ～ン」とドラム。

「しばらくねえ、吉永くん」とミラさん。というか、キースさん。キース三浦《みうら》氏。

「ど、ど、どうも」つっかえながら、我知らず居住まいを正す吉永シロウ。「ご無沙汰しておりました。いやあ……それにしても」

キース三浦氏というのは、ドラムが以前やっていた……こういう言い方もナンだけど、今やってるデカメロンズよりも遥かに真剣に、少なくともピュアな心構えでやっていたとおれには思われるバンド、ホルヘ・ルイス・ビスケットが所属していたインディペンデント・レーベル〈スピリチュアル・レコーディングス〉のプロデューサー兼オーナーにして、おれが食いっぱぐれていた時に、アレを……アレという言い方もナンだけど、昨今のヒステリック、かつ、イモっぽい世の情勢を見るにつけ、はっきり言うのをためらわざるを得ないアレ、といってもケミカルなほうじゃなくてナチュラルなほうのアレだけど、そのアレを特別に安価で譲ってくれてた人であり、そのアレをナニして、どうにかおれは我が氷河期を生き延びたわけだけど、そんな折、氏は逮捕されて執行猶予がついて、その猶予期間中に会ったのが最後だと思うけど、その後また逮捕されて今度は執行猶予がつかず、たしか二年くらい服役して、くだんのレーベルも解散させた……ということろまではおれも知っていた。

「巡り合わせというのは不思議なものね、吉永くん」

「あ、はい、ほんとに」つーか、キース三浦氏だとわかると、いっそう気持ち悪いんですけど。いやいや、ＬＧＢＴだろうが異性装者だろうが性的マイノリティに対する偏見など断じて持っていないはずなんですけどね。それどころか、概念的には味方なはずなんですけどね。単に生理的に。「いつから、こちらでお店を？」

「三年半ね。お近くなんだって？」

「ええ、徒歩圏内っすね」

そこで、若いおかまスタッフがダミ声で、ママ～ちょっと～、などとミラさんを呼び、ミラさんというかキース三浦氏というか、どっちで呼べばいいんだろう、とにかく、ママは、またのちほどね、などと言い残しておれたちの前から離れていった。

「昨日の武道館ライヴに来てくれて」とドラム。

「へえ」とおれは言い「でもさ」とも言い「なんで？」とも言った。

「昔から女装が趣味だったんだ」

「当時も知ってた？」

「俺は目撃したことないけど、目撃したやつを何人か知ってる」

「ふうん。で、その趣味を生かしてこの店を？」

「でしょ。三浦さんもいろいろとあったみたいだし」

「逮捕や服役以外にも？」

「ま、早い話、それが原因で、奥さんに出て行かれて、愛娘とも会えなくなって、音楽業界にも世の中にもうんざりして、それらと反比例するように女装趣味はさらに開花して……そんなかんじらしいよ、俺もさっき聞いたばかりだけど……それはともかく、おまえのニュースって何？」

「久美ちゃんに会った」

「なんだと？」さすがのドラムも背筋を突っ張らせて目を丸くする。「久美ちゃんに？」

「そう」

「おい、シロウ」ドラムはどすを利かせて言う。「冗談はよせよ」

「おれが一度でも冗談を言ったことがあるか？」

「最初から話せ」

「おごれよな」

「なんで？」

「情報料だ」

「はいはい。おごるよ」

おれは話した。ウンコの部分をことさら強調して。


その後は、久美ちゃんがどういうわけで南青山の小洒落たビルディングの小洒落た男子トイレを掃除していたのかを、ドラムはひたすら濃い琥珀色のビールを、おれはジンやイエガーマイスターや白ワインを飲みつつ、それぞれに予測しながら、ああでもないこうでもないと話しているうちに夜は更け、おれは朝からいろんな意味で多大なエネルギーを使ったせいもあり、いつも反省するのに性懲りもなくやってしまうチャンポン飲みのせいもたぶんあり、だんだんと眠くなり、店内の賑々しさが引いていくにつれいっそう眠くなり……と、そこまでは覚えているのだが、いつのまにかカウンターに突っ伏して眠っていたようで、ふと目覚めると、店内の音楽は先刻とはがらりと変わっていて、具体的にはここにやって来た時やドラムと話していた時は今時のＥＤＭがかかっていたのだけど、今やトム・ウェイツの『クロージング・タイム』がかかっていて、いやまあ、そんなことよりも、隣にドラムの姿はなく、隣じゃないところにもドラムの姿はなく、いやいや、それどころか、店内にお客の姿はまったくなく、スタッフの姿もなく、そこにいるのは、カウンターの中に立っているミラさんないしキース三浦氏と、カウンターのストゥールに座るおれだけだった。

「おはよ。ようやく起きたね」とミラさんないしキース三浦氏は言い、おれが目覚めてからそうしようと待ってでもいたかのように、おもむろにウィッグを外した。

「おはようございます」おれは戦後復興期のどさ回り芸人の楽屋に忍び込んだみたいな気分になりながら言った。「今、何時ですか?」

「もうすぐ六時」

「うわ、そんな時間ですか。失礼しました。つーか、ドラムのやつ、起こしてくれればいいのに――」

「起こしてたけどね」ラメ入りニットの中に手を突っ込んで、乳パッドというのか、シリコンパッドというのか、ようするにおっぱいの代わりのものを取り出しながらミラさんないいし三浦氏は続ける。「寝かせておきな、ってあたしが言ったの」

「あ、そうなんすか。ほんと、すみません」

そして、おれが水を一杯所望し、タンブラーに注がれたそれを一息に飲み干すと、ミラさんないしキース三浦氏は、口調や外見はそのままに、というか、外見のほうはどうしようもないのだけど、目つきをかつてのキース三浦氏を思い起こさせるものに戻して、というか、変えて言う。それはそうと、吉永くん。

「はい？」

「いる？」

「え？　いる？」……あ、そうか、アレか、アレのことか。「うーんと、えっと……今日はけっこうです」

「どうして？」

「今月はちょっと懐《ふところ》がさみしくて」

「お金なんていつでもいいよ、ある時で」

「いや、ほんと、遠慮しておきます」

「どうしたの？　転身したの？」

「転身？　いやいやいや、ぼくは相変わらずぼくのままですけど……つーか、ミラさん……いや、キースさんは――」

「今後はミラにしてくれる？」

「あ、失礼。ミラさんは今も変わらずに愛好しておられるんですか？」

「当たり前じゃない。最近はグローもしてる」

「グロー？　……ああ、そういうことか。え、でも、それ、かなりヤバくないすか？」

「やばかろうとなんだろうと、これはあたしのライフワークなの」

「ライフワーク？」

「レーゾンデートルと言ってもいい」

「レーゾンデートル？」

「あるいは、社会運動と」

「社会運動？」

「そう。あたしのライフワークであり、レーゾンデートルであり、社会運動でもある。もし、タバコやお酒みたいに嗜めるものなら、鬱病だって自殺だって凶悪犯罪だって、まちがいなく減少すると思わない？　この世に危険どころか、平穏と幸福をもたらす。

吉永くんだって、そのへんのことはわかってるでしょうが」

「はあ、まあ」

「世の中どうかしてる。法律もどうかしてるけどマスコミが一番どうかしてる。法律なんてものは本来、後からついてくるものだからね」

「はあ」

「今や他の先進国のほとんどが解禁してるか、法的には解禁していなくとも、容認してたり放任してたりするのに、どうしてその事実をちゃんと報道しないの。マス・メディアが警察や国家権力や表層的な道徳観にべったり……その行き着く先に何があるかわかる？」

「はあ、まあ」

「機能不全のマス・メディア、思考停止した愚民、衰退してゆく社会……これがまさに今のニッポンよ」

「はあ」

「ちょっと、吉永くん」

「……はい？」

「はあ、ばかり言ってないで、あなたの意見も言ってごらんなさい」

「いやいや、ぼくの意見なんて」

「あなたももの言わぬ子羊になるつもり?」

「……いや、そんなつもりはないんですけど……」おれは大急ぎで頭を回転させた。「えっと、だから、つまり、ニッポンってところは天然資源がないぶん、勤勉さとか忍耐とか協調性とか、そういうものでなんとか今の地位というか国の経済を築いているところじゃないですか。そういう意味では立派だなと思ったりもするんですけどね。でも、その反面、好き勝手に楽しく生きてるやつに対してはめっちゃ厳しいんですよ」

「……続けて」

「えっと……おれの地元なんかもそんなかんじだから、よーくわかるんですけど、ほんとは楽しみたいくせに楽しめないし楽しみ方も知らないし、へんに気位は高いから今さら楽しみ方を教えてとも言えずに鬱憤《うっぷん》をためて、楽しんでるやつをバッシングする、という」

「ふむ」

「つまり、端折《はしょ》って言うと……人間はウヨウヨいれども、いくらテクノロジーが発展しようとも、いまだに体質はムラ的っていうか僻地系っていうか……じゃないんですか?」

「ふむ」

「ど、どうでしょうか? ぼくの意見は」

「なかなかいいわよ」

「そりゃどうも」

「吉永くんの言葉を借りるなら、その僻地に文明の知恵をもたらす。それがあたしのライフワーク」

「す、すごいなあ、ミラさん」

「また、いらっしゃい」

「ええ、また来ます」

「じつは吉永くんには昔から期待してるの」

「え？　は？　期待？　いきなり何をおっしゃるんですか？」

「上田くんとバンドをやってた頃からあたしはあなたに期待してた。今だから素直に言うけど、相当にイカしてたよ、あなたのギター・ワークは」

「……照れるなあ、それは」

そう言って、おれはぺこっと頭を下げたのだけど、おれはステージ上でギターを弾いてた覚えなどないのであって。ヘタクソな歌を歌ってただけなのであって。歌というより、リズムに合わせていいかげんな歌詞をがなり散らしてただけなのであって。ギターを弾いてたのは、キクちゃんこと菊池雅信《きくちまさのぶ》という悲しいかなすでに連絡のつかなくなった男なのであって。まあ、でも、四半世紀も過去の、今となってはどうでもいい事実をいちいち修正するのも面倒なので、修正してしまってさらに話が深入りするのはさらに面倒なので、おれはイカしたロックンロール・ギタリストだったことにしておいて、じゃあ帰りますね、長々とおじゃましました、と暇《いとま》乞いをして、今やほとんど女装を解いたミラさんのお店〈West End Spirit〉を出て、白みかけた早朝の寒空の下をとぼとぼ歩いて部屋まで帰った。

それからの三日間は午前から深夜まで必死に働いた。どうやらパラグアイを訪ねる必要はなくなったみたいだけど、パラグアイに行こうが行くまいが、長時間必死に働かないとさっそく食いっ逸《ぱぐ》れるので、ようするに、おれの経済状態なんてそんなものなので、まあ、どんな仕事をしてるの?と人に訊かれれば、コピーライターやってますなどと答えるけれど、それで時にはステキ～とかすご～いとか言われたりもするけれど、実情に即して言えば、日雇い労働者の変形ヴァージョン、あるいは、国際的な呼称で言えば、プレカリアート、であるわけで……つーか、大仰な話は抜きにしても、いったん引き受けちゃった仕事はキャンセルできないので、必死に働いた。その三日間、仕事以外にしたことと言えば、食べるのと眠るのと放尿脱糞するのと……つーか、以上は当たり前か……そのほかには気分転換と脳を活性化するために近所をランニングしたのと、今月はクリスマスイヴの前日に会って映画を観に行くことになっている息子へのクリスマスプレゼントを買いに新宿に、具体的にはスピーカー内蔵のポータブルターンテーブルとそれで最初に聴くべき、というか聴いてもらいたいレコードを買いに新宿のディスクユニオンに、これまた気分転換と脳の活性化を兼ねて、てくてく歩いて行き帰りしたくらいか。

　もちろん、火事場の馬鹿力的な集中力で仕事をこなしながらも少しは気にしていた。えっと、つまり、久美ちゃんのことを。少し気にしていたというか、気にしだすと仕事にならないので気にならなくなるくらい強《し》いて集中して仕事をしたというか。ということは、今自分でも気づいたけど久美ちゃんのこともあるから火事場の馬鹿力的集中力が発揮できたのかもしれない。まあ、それはともかく、いつも仕事が立て込んでいる時は気が散らないように、一日に三回しかメールチェックしないことにしてるんだけど、補足すればそもそも自らチェックしに行かないと受信してるかどうかもわからない設定にｉＰｈｏｎｅもＰＣもしてるんだけど、その三回、朝ごはんの後、それから午後のおやつ時、それと深夜ビールを飲みながらの、いわば能動的メールチェック時には、かなり緊張した。どうか届いてますように、なんて祈りながら、メールソフトを起動したりもした。

　届かなかった。一日目も二日目も三日目も。あれー？　なんでなんでー？　二三日中に必ず、って久美ちゃん言ったじゃん？　まあ、しょっちゅう会ったり連絡を取ったりしてる友人なら、そのくらいの遅延はたいして気にならないし、ドラムだったら端から期待しないけど、相手は久美ちゃんだよ？　しかもただの久美ちゃんじゃなくて、あんなふうにアンビリーバブルかつミラクルな再会を果たした後の、久美ちゃんだよ？　その久美ちゃんが二三日中に必ずメールするって言ったら、必ず二三日中にそのメールが届くはずじゃないか。ほんとに届くんだったら。つまり、約束してくれた二三日中に届かないということは永遠に届かないってことじゃないのか？　なんだよなんだよなんだよ？　じつは再会なんてしたくなかったのか？　おれのことなんか思い出したくもなかったのか？　かけがえのない友だちだってかつて言ってくれたのはただのリップサーヴィスだったのか？　天にまします我らの神よ。どうなんすか？　つーか、なんとかしてくれませんか？　どうしていつも知らんぷりするわけ？　ちょっとこっちが誉め讃えればいい気になってさー。もしや、キマっちゃってるわけ？　ったく薄情すぎるよ、もー。

　そんなかんじで、さみしさとかなしさとむなしさで、さらには怒りに近い感情すらも加わって、やけを起こし始めてた四日目の夜遅く、久美ちゃんからメールが届いていた。ごめんなさい、久美ちゃん。たかが一日程度の遅延でイライラしちゃって。申し訳ありませんでした、神様も。ちょっと暴言吐いちゃったかも。

シロウくんへ

このあいだはほんとびっくりしたね。

あらためて謝らせてください。長い間、何の連絡もしないで、本当にごめんなさい。

じつはね、二年ほど前に（ちょうどシロウくんがメールくれた頃）、当時七歳だった息子の具合が急に悪くなったの。頭が痛いって言って学校から帰ってきたり、そのうち嘔吐《おうと》するようにもなって。近くの病院に行ったんだけど、原因はわからず。それから、車で五時間かけて首都のアスンシオンまで行って大きな病院でも診てもらったんだけど、それでも原因はわからず。そんな折に、父が癌《がん》で死にかけててわたしに会いたがっているという連絡が母から入ったの。昔ちらっと話したと思うけど……父と母はわたしが小学生の時に離婚して、それからわたしは父に引き取られて、父の新しい奥さんやその子どもたちと暮らしていた。でも、思春期に入ったあたりから父との関係が悪化して、高校二年の時に家を出て、最後に父と会ったのが二十《はたち》の時。母とはその後再会してちょくちょく連絡を取るようになったんだけど。でも、病床の父が最後にわたしに会いたがっているって聞いて、なんだか急に申し訳なく思っちゃって。旦那にも帰るように勧められたので、わたしは十三年ぶりくらいに日本に戻った。息子を連れてね。そう、帰国したもう一つの理由は、息子を日本の病院に連れて行くことだった。結局、父の最期には間に合わなかったから、息子のことだけになっちゃったけど。

息子の診察の結果は、脳腫瘍だった。正確には、毛様細胞性星細胞腫。最初と次の大学病院では、視力が犠牲になるけど腫瘍を摘出すれば完治するだろうって言われた。三番目に行った大学病院では、摘出手術をすればたしかに視力を失うことになる、でも、腫瘍が自然に小さくなっていく可能性もあるから、もう少し様子をみましょうって言われた。

それで、パラグアイに戻って旦那と何度も話し合って人にも相談して、家族で……というのは、娘と息子とわたしたち夫婦で、日本で暮らすことを決意したの。わたしにとっては祖国に戻るだけのことだけど、旦那は日系ではあれ、向こうで生まれ育った人だから移住ってことになるよね。

日本での暮らしが始まったのが、去年の秋。葛飾で暮らしているのは、旦那の妹夫婦が近くに住んでるからなの。義妹は若い時に来日してこっちで学校も出て、そのまま日本人と結婚して子どもを二人産んで……上の子はもう高校生。旦那もわたしもフルタイムで働かなくちゃいけないから、子どもたちを預かってもらったり、なにかと心強いから。

かいつまんで言うと、そういうことなの。こうやって書いてしまうと簡単なのにね、それができなかった。できないままに長い時間が過ぎちゃった。シロウくんのことだから、きっといっぱい心配してくれたのよね。本当にごめんなさい。

シロウくんともドラムくんとも会ってゆっくり話したいのだけど、現状はなかなか時間が取れなくて。わたし、夜も少し働いてるから。それでね……こんな誘い方は、ついでみたいで申し訳ないんだけど……26日ってシロウくんやドラムくんは空いてる？　もう予定入っちゃったかな。というのも、26日の夕方から一日遅れのクリスマスパーティを我が家で催す予定なの。妹の家族とうちの家族で。もし予定が入ってなくて、嫌でもなかったら、うちに遊びにこない？　シロウくんたちが来てくれるなら、他の人にも声をかけてみようと思います。シロウくんの大好きな美女にも（笑）。もともと南米の人たちだから大人数でわいわい騒ぐの大好きだし、余計な気遣いは無用。狭い家だけど、御馳走をたくさん用意して、待っています。

大急ぎで書いたから、拙文は許してね。

久美より

追伸　自分のことばかり書いちゃったけど、次はシロウくんの近況も知らせてね。

おれはメールを速読して、次に精読して、それから音読して、さらにもう一度精読した。

今はそこに書かれていることだけを受け入れればいい、と思ったし、それがフェアだという気もしたけど、やっぱりおのずと、そこに書かれていないことをあれこれ想像してしまった。息子くんの病状の深刻さや生活が厳しいことや久美ちゃんの夜の仕事のことや。

それからドラムに電話した。案の定、出なかったけど、留守電に、緊急事態、水星が軌道を外れて地球に急接近、と残すと、五分もしないうちにかかってきた。またしてもやたらと賑々しい環境をバックにドラムが言う。久美ちゃんからメールがきたんだな？

「そう」

「なんて書いてあったんだ？」

かいつまむのはかえって面倒くさくて……いや、かいつままないほうがベターな気がして、おれは久美ちゃんの書いたメール文を一字たりとも省略せずに読んで聞かせた。

「なるほどね」とドラム。

「そういうことだ」とおれ。

「シロウ、二十六日は？」

「おれは空いてるけどどね。ドラムは無理だろ」

「いや、空ける」

「え……紅白直前なのに、そんなことできるのか」

「俺はほら……」

「……なんだよ？」

「俺はドラム叩くだけだから」

それを聞いて、おれは不覚にもじーんときてしまって……いやまあ、そもそもおれという人間はすぐに泣きたくなってしまう資質を持っており、おそらくは低俗なテレビドラマを観ながらいつもしくしく泣いていた母親からの遺伝なのだろうが、ドラムに言わせれば、感傷だけ発達したチンカス野郎で、とりわけ中年期に突入してからはその傾向がひどくなる一方なんだけど、この時はもう、泣きたくなるだけじゃなくて、ほんとに涙がこぼれてしまった。

「どうした?」ドラムが言う。

「いや、なんでもない」

「じゃあ、二十六日の詳細がわかったら、連絡しろ」

「わかった」おれは言った。「なあ、ドラム?」

「なんだ?」

「おれ、ドラムと友だちで良かったよ」

「なに言ってんだ」ドラムは言う。おれが泣いてることに気づいたのかもしれない。

「ったく、チンカス野郎め」

そうして慌ただしく電話が切られ、というか、回線が遮断される寸前にまたしても「タケオさ～ん、こっちこっち～」とかなんとかボイン系の黄色い声が紛れ込んできて、一瞬にしてドラムに対する友情の念は冷却し我が涙も速乾したのだけど、それはともかく、その後、着ていたプーマのジャージの上にわざわざ革ジャンを羽織ってマフラーまで首に巻いてベランダに出て、ぴりっと引き締まった夜気を感じつつ、冬の夜空に浮かぶ白い月とか、闇の中でひしめき合う近隣の家屋とか、赤坂および六本木方面の高層ビルの明かりなどを眺めながら、おれがぼんやり考えたことというのは……われらの人生というのは、計画通りにはなかなか進まなく、それどころか予期せぬアクシデントやトラブルに見舞われてしょっちゅう修正ややり直しを余儀なくされ、それどころかぜんぶが徒労だったなんてこともあり、落胆したり失望したり憤怒したり、そのあげくに、もういっそ、カモン！アルマゲドン、なんて自棄《やけ》を起こしてしまったりもするのだけど、それでも腐らずに諦めずに、日々を必死に、かつ丁寧に、生き続けていれば、人生はそんなに捨てたもんじゃない、くらいな場所には着地するものなのかもしれないなあ……もちろん例外はいくらでもあるし、説明し難いこともあるけれど、だって今こうしてる間にも地球上のどこかで誰かは飢えていたり犯されていたり不条理な死に直面してたりするのだから……だけど、少なくとも人生にはなにかしらの意味があるものだよなあ、ということだった。

いやあ、それにしても、飲み屋さんとかじゃなくて、お家でのクリスマスパーティで、きれいな女性の手料理を食べられるなんて、いつ以来かなあ。嬉しいなあ。やっぱ、ドラムと二人で全身サンタクロースの恰好をして、まあ、トナカイに引かれた橇《そり》に乗って登場するのは無理にしても、子どもたちへのプレゼントは白い大きな布袋に詰めていかなくちゃなあ。俄然わくわくしてきたぜ。そうして、おれは顎を上げて夜空を見上げて目を瞑り、一応は胸の前で十字を切ったりもして、祈った。天にましますわれらの神よ。いつも見守ってくださって、サンキューヴェリーマッチ。今夜は特に言いたいこととか尋ねたいこととかないんですけど、かといって、呼んでみただけ、というのもちょっと違って、なんて言うんですかね……今年の上半期の大部分って、おれ、もうこのまま老いの坂道を転げ落ちていくんだなあ、なんて思って、何に対しても白けてたんです……まあ、ご存じか、そんなことは。けど、今はね、まだまだじゃん、まだまだやるべきことあるじゃん、まだまだがんばらなくっちゃね、みたいな気持ちになっています。というわけで、どうか、今しばらくお付き合いいただけますか。何卒よろしくお願いします。

アレルヤ。

3. 一日遅れのクリスマスパーティ

率直に言って、ものすごくフクザツな心境なんですけど。

こうして終わって何時間か眠って目覚めてみると。かつ酒酔いからも醒めてみると。一人の部屋に戻ってきて慣れ親しんだ空間に包まれてみるとなおさら。その時はただ夢中、というか流れに身を委ねて、まあ、けっこう酔ってもいるわけで……いや、そういう物言いがあまりに受動的で、狡《ずる》いぞ、潔くないぞ、と言うなら、欲望の赴くままに、そういうことになっちゃったんだけども。誘ったのはどちらかというと向こう……少なくともおれが卑しくがっついたとか、ましてや押し倒したとかじゃないはず。いやいや、はず、じゃない。自信ある、強引じゃなかったということは。ともあれ、いつのまにかベッドの上でごそごそと始まってて、ごそごそのうちは酔った頭の片隅で逡巡《しゅんじゅん》してたような気がするんだけど、おれだけじゃなくて、たぶん向こうもね、でもごそごその次の段階に行くと、もはやブレーキには手も足も届かなくなり、逆にアクセル踏みこんで盛り上がってしまい……でまあ、史上最高というわけではもちろんないけれども、なかなか気持ちいいというか、ふつうに快楽があるというか、そういう感じで、ちゃんと……ちゃんとってヘンか……まあとにかく、ことの終わりまで行き着いたんだけども。……いや、待てよ。どうかな。なんか、快楽を貪《むさぼ》っている真っただ中にもフクザツな心境は、しいて言うなら、あとで後悔するかも?みたいな疑念は、何グラムか混入していたような。

だけど、べつに、フクザツな心境になる必要なんてないのか。単純に考えればいいのか。気持ちよかったぜ、とか。またやろう、とか。それがあまりに刹那的享楽的だと言うなら、我が人生に新たな転機が訪れたのだ、とか。今や未来はぼくらの手の中なのだ、とか。やったぜ。そう思うべきじゃん? 十五年くらい前の自分を思えば間違いなく、やったぜ、じゃん? 今もそう思っちゃうか? 男子らしくそう思っちゃうか? やったね。やったぜ。やったよ。やっちゃったよ……ヒロ子さんと。

うわ。ダメだ。そう言葉にしたとたん、膝から力が抜けてしまうんですけど。体育座りのまま横臥《おうが》したくなるんですけど。あ〜あ、やっぱ後悔してるわ、おれ。なぜ後悔してしまうのか自分でもよくわからないままに後悔してる。軽く。ほんのりと。

いや、その、もうちょっと順序立てて話すとね、その日、つまり、十二月二十三日は、正午に息子を南雪谷《みなみゆきがや》にある元妻の実家の玄関先まで迎えにいって、いっしょに渋谷に出てファストフードチェーン店ではない、ポートランドとかバークレーとかの、ようするにアメリカのちょっとしゃれた都市のちょっとしゃれた一角にありそうなハンバーガー屋さんで先月の性教育の続きなどをしながらランチを食べて、宇宙戦争系のハリウッド映画を観て、いま何が欲しい？って訊いたらアディダスのスニーカーが欲しいっていうから直営ショップにそれを買いに行って、もっともクリスマスプレゼントは二十五日の午前中に届くようにすでにゆうパックで送ってあったんだけども、そのプレゼント、つまりレコードプレイヤーとプライマル・スクリームとバズコックスのレコードは完全におれの好みの押しつけなので、息子が欲しいって言うものも買ってやろうと思ってね。それで、宵の口には元妻とも合流して、彼女が予約してくれていた中目黒のビストロで近況などを報告し合いながら晩ご飯を食べ、それじゃあ良いクリスマスと年末年始を～おじいちゃんおばあちゃんにもさりげなくよろしく伝えておいて～なんて言って彼らを反対方面の電車に乗せた。そうして、ひとりになると、楽しかった分、おれはひとりなんだなあって……いやまあ、ふだんはひとりって気楽だわーひとりが性に合ってるぜ、とか思ってるくせに、こういう、首尾よくっていうと変かもしれないけど、トラブルなく和やかに進んだ団らんの後はやっぱさみしさが身にしみて、さらには夫や父親としての務めをまっとうできなかった後ろめたさ、あるいは情けなさみたいなものが我が胸の内のプレーリーに隆起してしまい、そんな時、つまり、ちょっと落ちてる時に飲みに行く、しかも突然の誘いをわりと快く受け入れてくれる、向こうも誘ってくる時はたいてい突然の、女友達にこれからどう?ってラインしたんだけど、今夜は先約があるの、まったねー、なんてそっけなく断られ、仕方ないからドラムにも電話したんだけど相変わらずの留守電応答で、一応テキストメッセージも送ったけどいつものごとく返信はなく、ならば他の友だちを誘おうと思ってテキストメッセージ履歴とかライン履歴とかスクロールしながら誰を誘おうかなあと思案したんだけど、その時のおれの気分にぴったりのやつは誰ひとり思い当たらなくて……いや、属性を抜きにすれば二人いたんだけど、一人はすでに人妻だしもう一人は三歳の双子の父親で、つーか、そもそも前者は千葉県習《なら》志《し》野《の》市、後者にいたっては愛知県名古屋市在住で、どう考えても午後九時過ぎの突然な誘いには応えられないから思いつきは却下して、結局、ひとりでアラバマに行った。そう、下北沢のアラバマに。バー・アラバマに。

その晩のアラバマは時節柄もあってか、孤独や挫折を内に抱えてはいるけれどそれを外には出したくない系の、あるいは出したくても気質的に出せない系の、まあ、かく言うおれもそのくちだけども、男性単独客が入れ代わり立ち代わり訪れ、なかなかヒロ子さんとはおしゃべりができず、その代わり、おれの足が遠のいていたこの三年ぐらいの間に常連になったらしい老若のお客さんと音楽の話やらサッカーの話やら世界情勢の話やらエロな話やらでそれなりに盛り上がったのだけど、それはともかく、午前〇時を過ぎたあたりで、ちょっとした隙というか、注文したイエガーマイスターのオンザロックのグラスをおれの手元に置く時の、しかも隣のお客さんがトイレかなんかで席を外していたので、もうここしかないというピンポイントのタイミングで、ヒロ子さんが、お店終わったら飲みに行こうか？とこそっと囁いてきた。あれれ？珍しくない？そういうの過去にあったっけ？あるにはあるけどドラムとセットの時じゃなかった？なんて思いながらも、とても嬉しいにはかわりなく、おれもこそっと、いいねぜひとも、と囁き返した。で、やっぱ他の雑輩とこのおれは違うのだ、みたいな優越感でほくそ笑みながら、その当のお客さんたちがさみしく帰っていくのをじっと待つのはいけ好かない気がして、適当な頃合いを見計らってアラバマを退場し、近隣のサッカー・パブに行ってマンチェスター・シティ対アーセナルやレアル・マドリード対ボルシア・ドルトムントの再放送だか録画だかを観ながらひとりでちびちび、というか、このままだと酔いつぶれてしまうのでグレープフルーツジュースなども織り交ぜながら、飲んでたんだけど、午前二時になろうかという頃にヒロ子さんから今閉めるとテキストメッセージが入って、さっそく落ち合った。

ヒロ子さんが、下北沢だと気を遣うからどこかに移動しよう代々木上原は？と提案してきたので、いいよおれはどこでもと答え、タクシーをつかまえて代々木上原に行って、カウンター背後の壁一面がアナログレコードっていうバーで飲み始めたんだけど、その晩のヒロ子さんときたら、飲むわ飲むわ。まるで厳しい乾期をどうにか凌いだアフリカ象みたいに。いや、べつに鼻から飲んでたわけじゃないけど、ほとんどそんな勢いで。あの、それ、スポーツドリンクとかじゃないんですけどって突っ込みたくなるくらいな勢いで。おやおやと思いながらも、影響を受けやすいおれも釣られて飲んで飲んで。話の内容はべつになんてことのないものだったけど。なんてことないというか、いつものような、互いの仕事の話とか音楽の話とか映画の話とかドラムの話とか久美ちゃんの話とかおれの息子の話とか。まあ、最後のほうでちょっとセクシー路線の話もしたけど。中年になってからの性欲、およびその男女差についてとか。人間って結局のところ動物なのよね〜とか。

それで、午前四時半ぐらいになってたと思うけど、そろそろ帰ろうかとヒロ子さんが言い出して、そうだねとおれも同意して、バーを出たんだけど、ヒロ子さんは足元も覚《おぼ》束《つか》ないくらいに酔っており。タクシーに乗せようとしたけど、いいのいいの〜すぐ近くだから〜などと呂《ろ》律《れつ》の怪しい口調で言い張るから、じゃあ送ってくよ、とおれが言うと、ヒロ子さんは、は〜いお願いしま−す、なんて事も無げに頼んできて。そんなわけで、東北沢駅近くのヒロ子さんのマンションまでヒロ子さんを抱えるようにして送っていったんだけど、エントランスに着いたところでヒロ子さんが、ちょっと上がってく〜？コーヒーでも飲んでったら〜？　とか言うもんだから、え？マジで？うひうひ、なんて内心では思いながら、口ではつとめてさりげなく、じゃあ、ちょっとだけ、とか言って、おれはのこのことヒロ子さんの部屋に上がり込み……以下、省略。省略というか、最初に戻る。いつのまにか、ごそごそ始まっていた、という次第なんです。はい。天にまします我らの神よ。こういう時に呼び出されても困りますよね？　つーか、おれもバツが悪いですもん。どうせ経過はぜんぶご存じなんですよね？　なんと言えばいいんでしょう？　すみませんと謝るのもなんかヘンだし、あざっすと感謝するのもちょっとヘンだし。なんかアドヴァイスとかいただけませんか？　……ない？　また無言、また沈黙か。ま、ようするに、自分で考えろってことね。

というわけで、かつては大好きで勢い余って求婚したことさえある、そりゃ今だって好きだけど、ふつうの好き、つまり男女間の好き、とはいささか違う気がする人と、一線を越えてしまったという、ビタースウィートではあるけど、ビターわりと多めな、気持ちを抱えつつ、週末かつクリスマスイヴとクリスマスを過ごし、具体的には、イヴは午後遅くから夜遅くまでひたすら仕事、クリスマスは朝から宵の口までせっせと仕事をしてから夜は近所の行きつけとかミラさんのおかまバーとかにクリスマスの挨拶がてら軽く飲みに行ったりして、迎えた二十六日。久美ちゃん宅での一日遅れのクリスマスパーティに招かれていたので、午後三時にドラムと新宿で待ち合わせた。

数日後には天下の紅白歌合戦に出場する男が、伊勢丹のエントランス脇の柱を背に、ヘアバンド巻いて黒縁のメガネをかけているとはいえ数多《あまた》の通行人に気づかれずにぽつねんと突っ立っている様子はなかなかに笑えたので、あとで酒の肴《さかな》にしよう、何かあった時にはゆすりの材料に使えるかもしれない、なんて思ってわざわざ信号を渡り直して新宿通りの反対側からしっかり動画にも収めたのだけど、まあそれはともかく、会ったことのない久美ちゃんの娘ちゃんにはマフラーを、息子くんにはニット帽を、久美ちゃんの姪や甥、というか性別がわからないので、彼らにはフランス製の素敵なノートブックやペンケースやブックマークなどをクリスマスプレゼントとして買い、それから手みやげとして様々な種類のＩＰＡやカヴァやイチゴなども買い、さらには、向こうでナイスな音楽が聴けたりするかなあ、とおれが呟いたことをきっかけに、どうせならレコードで聴きたいよな！などと二人でにわかに盛り上がり、ディスクユニオンに行って、スピーカー内蔵のポータブルターンテーブルとパーティに相応《ふさわ》しいと思われる中古レコードを数枚、仕入れた。それから、ドラムが仕事の関係者を通じて手はずを整えてくれていたのだけど、飯田橋《いいだばし》の貸衣装スタジオに行き、全身サンタクロースの衣装に着替え、白い髭までつけて、プレゼント類も白い布袋に入れ、ここまできたらトナカイと橇も調達したいところだけど、そこはやはり現実的方策を採用することにして、東京無線タクシーを捕まえ、まあ、おれは電車に乗ってもぜんぜんよかったんだけどね、ドラムはやっぱりロックンロール芸能人としての沽券《こけん》にかかわるのだろう、あるいはもしかしたら紅白直前のリハーサルをサボっていてそれがバレるのを恐れたのかもしれない、有無を言わさずタクシーを選択し、葛飾区の久美ちゃん宅へと向かった。


「そういえば、ドラム」おれはタクシーの中でふいに思い出して言った。「イズミちゃんとのことはどうなったんだ？」

「どうなったとは？」世界中を駆け回って愛想を振りまくという重労働に疲れきった、まさに十二月二十六日のサンタクロースのごとく、ぶっきらぼうにこたえるドラム。

「進捗具合だよ」おれは言う。「縒りを戻している最中で、戻りしだい結婚する、とかなんとか、このあいだ言ってたじゃん」

「そういうことなら着々と進んでる」

「つまり、縒りは戻ったのか？」

「いいかんじだ」

「いいかんじって……高校生かよ、きみらは」

「ま、年明けにはいろんなことがはっきりするんじゃないか」

「年明けって、やっぱ、紅白がポイントなのか？　白組が負けたらすべておじゃんになるとか？　面白いけどな、それ。紅白の勝敗がドラムの人生を左右するなんて。あははは」

「もしかしたら、俺」ドラムは、ひとりで言ってひとりで笑いこけるおれを無視して続ける。「名前を変えることになるかも」

「ん？　名前を変える？」

「婿入りすることになるかも」

「へえ、そうなの？」

「あそこ、女ばっかりなんだよ。妹も姉さんももう嫁に行って子どもを産んでるし。親父さんのきょうだいも女ばっかりらしくて」

「まあ、でも、いいんじゃねえの、そんなのはどうでも。ふだん使う名前を変えるわけじゃないんだし。戸籍上だけだろ？」

「まあ、そうだけどさ」

「なんだか不満そうだな。今度はおまえんとこの親が反対するとか？」

「いや、そんなのはいいんだけど、名前がさ」ドラムはやけに深刻な口調で言って、なにやらため息らしきものまで漏らす。「苗字がさ」

「苗字？　なんて苗字だったたっけ、イズミちゃん？」

「大竹《おおたけ》」

「あ、そうだったね。大竹。ふむ」ということは、つまり……。「婿入りすると、ドラムは大竹健夫になるってことか」そう言ってから、おれは思わず吹き出してしまう。

「おおたけたけお。早口言葉みたいだな。カカカカ」

「ローマ字で綴ってみろ」

おれは頭の中でローマ字を綴る。TAKEO OTAKEあるいはTAKEO OHTAKE。「ややこしっ。これじゃあ、世界中どこに行っても笑われるな。カカカカ」

「だろ？ パスポートにはそうやって表記されるってことだ。それがどうもひっかかって」

「ひっかかってって……それで二の足を踏んでるわけ？」

「二の足を踏むとこまではいかないけど」

「おめでたいやつだなー、ドラムは。オオタケタケオくんは。パンがないならケーキを食べなさい、の王妃みたいだ」

「俺の立場になってみろよ。けっこうナーヴァスになるぜ」

「なれなれ、もっとナーヴァスになれ。笑える名前だ。世界中で笑われる名前だ。オオタケタケオ、オオタケタケオ。オオタケもタケオもタケオの名前。カカカカ」おれは、じつはたいして面白くはないのにひとりで笑って、笑って、笑っているうちに別のことを思いついて笑いをおさめてドラムに言う。「ところで、ドラム」

ドラムこと近い将来のオオタケタケオは不機嫌そうなサンタクロースの顔をこちらに

向ける。「なんだ?」

「おれ、このあいだ、つーか、もう先月か、ヒロ子さんとドライヴに行ったんだよ」

「ああ、聞いたよ、ヒロ子さんに。おまえが誘っておくと言っておきながら俺を誘わなかったことも知ってる」

「いや……だって」そういうことを不機嫌なサンタクロースの顔で言わないでほしいんですけど。「忙しそうだったじゃん。迷惑かなあと思って」

「まあ、べつにどうでもいいけど」ドラムは耳の穴を小指でほじくりながら言う。「それで?」

「それで、何日か前は飲みに行ったんだよ。お店終わった後に」

「代々木上原か? あの、レコードがずらっと並んだバー?」

「はあ? なんで知ってんだ、そんなこと」

「いつだったか、俺もヒロ子さんとあそこで飲んだよ、お店終わった後に」

「マジかよ。そんなこと知らなかったけど」

「いちいちおまえに報告しなくちゃいけないってことはないだろう?」

「そりゃまあ、そうかもしれないが」そうしておれはあらぬことを想像してしまう。

「おまえ、まさか……」

「まさか?」ドラムは不機嫌な顔のままきょとんとする。「まさかって何が?」

「……いや、べつに」

「何が言いたい？　気持ち悪いぞ」

「べつに何も言いたくないよ」それはあり得ないだろ、と自分に突っ込みを入れ、気を取り直してから、話題を微妙に転じる。「うんと、だから、その……平たく言うとさ、おれとヒロ子さんってなかなかお似合いかもなあ、なんて最近思い始めてて。お互いバツイチの独身だしさ。悪くないかもなあ、とか思ってて」

「はあ？」

「はあ、じゃなくて、マジな話」

「バカか、おまえ」

「なんでバカなんだよ？」

「ぜんぜん釣り合ってない。誰の目から見ても明らかだ」

「おれの目から見るとなかなかどうして、ありなんじゃない？ってかんじなんだけど」

「おまえがヒロ子さんにプロポーズしたのは大昔の話だろうが。おまえに分別というものがつく以前の話だろうが」

「分別ってこの野郎」

「さすがに父親になって少しは分別がついたと思ってたけど、まだそんなことを言ってるのか」

「いやいや、ヒロ子さんもまんざらじゃないみたいなんだよ」

「勘違い、勘違い」

「勘違いじゃないと思うなー」

「つーか、シロウ。いいかげんに成長しろよ。四捨五入したら五十なんだぞ」

とかなんとか、ほとんど関係のないことを、おれがほんのちょっとでもドリーミーだったりファンタジックだったりすることを言った時に返ってくる定番のセリフをドラムは吐き捨て、またそれかよと思っておれはむっつりと押し黙り、そうこうしているうちにタクシーは、あらかじめ運転手に告げていてカーナビにセットしてあった葛飾区青戸《あおと》六丁目に到着した。


テラスハウスというのか、二階建て住居が三戸連結した集合住宅の端っこが久美ちゃん宅だった。呼び鈴を押してから外壁の陰に隠れ、息をひそめて待っているとドアが開き、ほどなく玄関先に小学校高学年と思われる女の子とその少し年下の男の子がいかにも小学生らしい困惑の面持ちで出てきたのだが、サンタクロース、というか全身サンタクロースの恰好をしたおれたちがひょいと姿を現して、メリークリスマス！と告げると、その一瞬目を丸くした後でそろって破顔し、彼らもメリークリスマス！と声を張り上げ、そのすぐ後に玄関先に出てきた久美ちゃんもメリークリスマス！と言って破顔し、そうして、先日は男子トイレでのアンビリーバブルな、しかしながら、ウンコ絡みのきまり悪い再会だったので握手すらしてなかったおれと久美ちゃんは抱擁し、次いでドラムと久美ちゃんも十五年ぶりだか十六年ぶりだかの再会を喜び合って抱擁した。

先にパーティに集《つど》っていた面々をざっと紹介しておくと……最初に出てきた二人の子どもが久美ちゃんの娘ちゃんであるマリサ十二歳と息子くんであるラファエル十歳、そして、久美ちゃんの旦那さんの、日本人移住者である男性とメスティーソであるパラグアイ人女性の間に生まれた日系二世の、関口《せきぐち》ミゲル、それから、ミゲルの妹のセシリア、セシリアの旦那さんの星野《ほしの》さん、その二人の子どもである、ミナちゃん十七歳とトオルくん十三歳、それに、久美ちゃんが週に何回かバイトしているらしいスナックの同僚ホステスで本職はダンサーだというアコちゃんと、その親友でダンサー仲間でもあるハナエちゃん……以上の面々が、久美ちゃん宅というか関口ミゲル夫妻宅の十二帖くらいのリビング・ダイニング・キッチンに集まっていた。

ひとつひとつの名前は忘れちゃったけど、パラグアイを中心とした南米の肉料理が数種類、それから、揚げ大根の梅肉添えやマグロとアボカドとクレソンのわさび醤油和えや豆腐とカリカリじゃこのサラダ、といった和風ないし居酒屋系の料理が所狭しと並んだダイニングテーブルを囲んで、というか、ダイニングチェアに座っている人もいれば、居間のソファに座っている人もキッチン周辺に立ったままの人もそのへんを行ったり来たりしてる人もいるという、家ならではのフリースタイルなホームパーティが始まった……いや、おれたちが到着した時にはすでに始まっていて、あらためての乾杯、スペイン語でいうところのサルーを挟んで、パーティは続いた。

なんとも興味をそそられたのは、パーティ空間に行き交う言語のごちゃ混ぜぶりだった。というのは、関口家における公用語はスペイン語のようで、基本的に久美ちゃんとミゲルとマリサとラファエルの四人が夫婦間および親子間で会話する時はスペイン語なのだけど、というか親のほうはスペイン語で会話しようとするのだけど、葛飾区立のふつうの小学校に通っている子どもたちは日に日に日本語が上達しているせいか、ミゲルがスペイン語で話しかけているのに日本語でこたえたりするし、それに釣られてか久美ちゃんまでもがミゲルに対して日本語でしゃべりかけて途中でスペイン語に切り替えたりするし、おおむね意味は摑《つか》めるらしいものの日本語を話すのはあまり得意でないミゲルとスペイン語を話すのはあまり得意ではない星野さんはブロークンな英語で話すのが習慣になっているようだったし、日本語もスペイン語も話せるバイリンガルのミナちゃんは最近になって英語を熱心に勉強しているらしくやたらと英語を使いたがり、それに応えるようにニューヨークで何年か暮らしたことがあって英語に堪能なアコちゃんはミナちゃんと英語でしゃべってるし、おれもドラムもスペイン語はオラとかグラシアスとかブエノスディアスとかしかわからないのでミゲルとは結局英語と日本語のチャンポンで話すことになるし。その三言語のごちゃ混ぜ感が、最近はしばらく行けないでいるけど若い頃はお金を貯めてはいろんな国、といってもほとんどはヨーロッパだけども、遊びに行っていた、そしてあちこちでの放浪、いや、放浪というと大げさだけど、ぶらぶらとさまよった中でいかに生きるべきかみたいなことを学んだ気がする、あるいはそんな経験を通して学んでしまったものだから日本社会のレールから脱線してしまった気がするおれに、なにはともあれ久しぶりの、いささか目眩《めまい》をともなうものではあるけれど、高揚をもたらしたのは間違いなかった。

それで、話は前後するけど、二人の即席サンタクロースがプレゼントを配ると、子どもたちはみんな喜んでくれ、さらに、ドラムが初夏に発売されたデカメロンズの最新CDと、つい数日前にサンプル盤ができてきたばかりらしい来年早々発売のベスト盤を各家庭とアコちゃんハナエちゃんに配ると、再びみんな喜び、とりわけ、ハナエちゃんは偶然にもデカメロンズの長年のファン、今年は忙しくて行きそびれたらしいけど過去に何度もライヴに足を運んでいるほどの熱心なファンで、だから最新CDは持っていたのだけど発売前のベスト盤を目にすると、なおかつ両方のジャケットにドラムがサインすると、ほとんど涙を流さんばかりの喜びようで、それ自体は微笑ましいというか良きことなんだろうけど、ハナエちゃんというのが三十がらみの独身で、スリムだわ小股が切れ上がってるわ胸だけはなにげに豊満だわというスタイル抜群にして、透き通るような美肌を有するかなりな美女、まあ、そのくらいの歳だった頃の久美ちゃんには敵《かな》わないかもしれないけど、市井《しせい》で普通の暮らしをしていれば年に一度遭遇するかしないかというくらいの美女だったので、おれはひそかに嫉妬し、ほんとは自分だって涙を流さんばかりに嬉しくてたまらないくせに、こんなのは日常茶飯事さとでも言いたげな、クールな態度を取り続けるドラムに対して、静かな殺意を覚えた。もっとも、繰り返すが全身サンタクロースの恰好をしているわけで、クールな態度といっても、ショーに登場したチンパンジーが毛筆で「大」とか「小」とか画数の少ない漢字を書いているようなものなんだけど。

さて、その後は、大人たちは大人たちで自己紹介などを兼ねつつ様々な話をし、子どもたちは子どもたちで、おれたち大人にとっては懐かしの、デジタルなテクノロジーが当たりまえの子どもたちにとっては新鮮なのかもしれない、サイコロを転がしたりルーレットを回したりして駒を進めるボードゲームで遊び、それらに飽きてくると、おれたちが持っていったターンテーブルでレコードをかけたり、ミゲルとセシリアが大好きらしいボサノヴァのCDをミニコンポでかけたり、それらの音楽に合わせて歌ったり踊ったり、リサイクルショップで手に入れたというローランドのキーボードをアコちゃんが弾いたり、ラファエルやトオルくんもそれを模倣して、まあ、曲になっているとは言い難かったけど弾いたり、菜箸をドラムスティックにしてドラムがテーブルやビール缶やワイン瓶でリズムを刻んだり、おれも負けじと常人の目には見えないギターでエアプレイしたり、アコちゃんとハナエちゃんはプロフェッショナルなヒップホップ・ダンスを披露したりして、あえて言うならばカラオケボックスとディスコとライヴハウスとブルックリンのストリートが合体したかのごとく、みんなして大いに盛り上がったのだけど、午後九時半を過ぎたあたりで、ピンポーンピンポーンと呼び鈴が鳴り、久美ちゃんとたまたまトイレに行こうとしていたおれが玄関に行ってドアを開けると、そこには渋面の制服警官が二人立っていて、近所から苦情がきているのでお静かに、という旨のお叱りを受けた。

警官からのお叱りをきっかけに、パーティはなんとなくエンディングへと向かい、ケーキや果物と紅茶をいただいた後で、アコちゃんとハナエちゃんは暇を告げて去っていき、久美ちゃんとともに後片付けをしていたセシリアおよび星野一家も帰り支度を始め、初老のサンタクロースからジーンズにセーターおよびパーカーという恰好の中年の日本男児に変身したおれたちも、じゃあそろそろ、と言いかけると、久美ちゃんが、あらドラムくんとシロウくんはもうちょっとゆっくりしていってよ、まだちゃんと話してないじゃない?なんていうものだから、そして、ミゲルもそうだよそうだよと日本語で言ってくれて、さらに、ぼくは明日仕事が早いからそろそろ寝るけど久美とおしゃべりしていきなよ久しぶりなんだから積もる話があるでしょ、というようなことを今度は英語で言ってくれて、そんな厚意に甘えて、ドラムとおれは星野家のみんなが帰ったあともそこに留まって、その時までにはラファと呼ぶようになっていたラファエルやマリサと学校の話やパラグアイの話をだらだらとし続けた。やがて、子どもたちがお風呂に入る準備をし始めたところで、ミゲルが、久美ちゃんにスペイン語で何事か言い、それを久美ちゃんが日本語に訳してくれたのだけど、それは、家だとなにかと気兼ねするだろうから外に飲みに行ってきたら、というもので、その、もしかしたら含みがあるかもしれない提案を、深くは考えずに素直に受け入れたおれとドラムはミゲルと抱擁して近々の再会を誓い、子どもたちとも同様に再会の約束をし、すみやかに身支度を整えてきた久美ちゃんと連れ立って、青砥駅近くの、バブル期のカフェバーのような造りだけどメニューはどちらかというと居酒屋系、というような飲み屋に行き、ビールやワインで飲み直しながらしばしおしゃべりをすることになった。

「今夜は来てくれてほんとにありがとう」久美ちゃんが本日二度目の、そして、この三人では十数年ぶりになる乾杯の後で言う。「わざわざサンタクロースにまでなってくれて。ミゲルも子どもたちもセシリアたちもアコちゃんたちもみんな楽しんでた」

いやいや、こちらこそ招いてくれてありがとう、たくさんごちそうさまでした、ぜんぶ美味しかったよ、あんなにいっぱい食べていっぱい笑ったの久しぶりだよ、子どもたちも可愛いなあ、今時珍しいくらい素直に育ってるよねえ……まあ、だいたいそんなようなことを、おれとドラムはそれぞれ別の表現で言った。言いながらおれは、頭の隅で、そういえば、この三人で形成する極小のコミュニティを、コミュニティってのは大げさすぎるけど三人というのは何かを決める時に多数決になるって意味においても社会の始まりかもしれなく、それをかつては、ドラムのド、久美のク、シロウの口をとって、ドクロ社会って名付けたんだよなあ、なんて懐かしくもちょっと切ない思いに駆られていたのだけど、そういうことはともかく。

「ミゲル、いいやつだよな」とドラムは言う。「どんな男なのか、じつは不安だったんだけど」

「そうそう、おれもおれも」とおれも言う。「南米のマフィアと繋がってるような人だったらどうしようとか、コカインとか売りつけられたら断りきれるかなあとか、いろいろ気に病んでたよ。でも、さすが久美ちゃんが惚れた男だと思った」

「シロウなんかとは大違いだぜ」

「ドラムとはまったく正反対だぜ」

ククククク。かつてもよくそんなふうに笑っていた久美ちゃんは懐かしい笑いを笑う。

「自分でもほんと素敵な人に巡り会えたと思ってる。シロウくんやドラムくんが一気に霞《かす》んじゃったもん」

おれとドラムは二人とも生ビールを気管に詰まらせて咽《む》せる。

「久美ちゃん、もう」とおれは、コホコホのあいだに。

「そんなにはっきり言わなくても」とドラムも、コホコホのあいだに。

久美ちゃんは再びククククと笑い、その笑いはすぐにおれたちにも伝染したのだけど、それは今のやりとりのみをおかしく思っているのではなく、そのやりとりの向こうに次々に炙《あぶ》り出される、三人で笑い合ったかつての出来事がいくつもかけ合わさっておかしさが山火事のように……いや、山火事という喩《たと》えはよくないか、とにかくおかしさがもこもこと膨れ上がっていくといった感じで、最後は笑いすぎて久美ちゃんやおれの目からは涙がこぼれ、ドラムはティッシュで洟《はな》をかんだ。

「日本での生活にはもう慣れた?」洟を豪快にかみ終えるとドラムが尋ねる。「久美ちゃんはともかく、子どもたちやミゲルは」

「うん、子どもたちはだいぶ順応したと思う。勉強についていくのがちょっと大変みたいだけど。パラグアイの小学校とは進み方がぜんぜん違うから。とくに苦労してるのは算数ね。わたしも苦手だから……小学生の算数だから答えは出せるけど……うまく教えられなくて。ミナちゃんとトオルくんが家庭教師代わりになって教えてくれるので、本当に助かってる。だけど、二人とも学校は楽しいって言ってるよ。友だちもたくさんできたみたいだし」それから久美ちゃんは少し語調を変えて続ける。「でも、ミゲルはいまだに戸惑ってるかな……そういうことあんまり口に出さない人だけど。向こうではずっと農業やってたから、人に雇われたことないしね。それに、こっちには、先輩後輩とか古参新人というような序列があるでしょ。仕事してる時だけじゃなく仕事が終わって食事に行っても、上下関係がずっとついてまわるじゃない。それがどうもしっくりこないみたいね。日本人と言っても通るような顔だちをしてるから、相手も日本人だと思って接してくるし」

「ああ、そっか」とおれは言う。「日本人ルールが適用されちゃうんだ」

「そうなの。本人はパラグアイ国籍で、一度も日本で暮らしたことないのに。それがちょっと不憫《ふびん》ね。見た目からして完全に外国人だと……たとえば、白人だったり黒人だったりすれば、相手も諦めるっていうか、少しは特別扱いしてくれるんだろうけど」

ミゲルが最初はビルなどの解体業の会社で働き、二か月ほど前に古紙の回収およびリサイクルの会社に転職したということは、パーティの終わりかけに本人から聞いていた。休みの前日はコンビニの深夜番としても働いているということも。

「ラファの具合はどうなの？　今日はけっこう元気そうに見えたけど？」おれは尋ねた。このことについてはきちんと訊いておかなければと思っていたのだけど、当然ながらパーティの席ではそんなタイミングはなかったのだ。

「うん、今日は調子良かった。きっと気持ちが張っていたんだろうね」久美ちゃんはなにげに母親らしい表情になって言う。「でも、いつもあんなに元気ってわけじゃないの」

そうして、久美ちゃんは淡々とした口調で、というか激情を押し込めておくにはこういうふうに話すしかないといったかんじの口調で、ラファエルの病状や今後の見通しや、そもそも脳腫瘍や毛様細胞性星細胞腫という病気について、詳《つまび》らかに話してくれた。

つまり……子どものガンでは白血病に次いで多いのが脳腫瘍であること、毛様細胞性星細胞腫はガンの中では悪性度は低いものであること、視力が犠牲になるだろうけど腫瘍が全摘された場合の十五年生存率は九〇パーセントであること、ラファエルの病状は一進一退であること。今の状態が続けばそう遠くないうちに全摘手術をする決断を下さなくてはいけないこと、主治医が北大病院の脳神経外科医で、月に一度、札幌まで通っていること。

「え？　札幌まで？」驚いたドラムが言う。

「東京でもいろんな病院のいろんな先生に診てもらったんだけどね。その北大病院の先生が一番信用できる気がしたの。単にわたしの好みの問題なのかもしれないけど」

「でも……命を任せることになるんだもんね」とおれも言う。

「そうなの。医学的なことや技術的なことはもちろん重要だけど、やっぱり、人として合う合わないというのはすごく大事で。少なくともわたしにとっては」

ふむふむとおれたちはうなずき、その後は、シリアスかつしんみりしたムードを和らげようというか、しんみりしていたって未来は開けないのだから気丈に陽気に現実に向き合わなければ、というような気持ちが、程度の差こそあれ三人それぞれに芽生えたのだろう、話題は徐々に軽いものや笑えるものにスライドしていき、そういえばヒロ子さんはどうしてる？と久美ちゃんが尋ねてきたので、ヒロ子さんの近況やバー・アラバマが移転したことを、もっともこれは元々笑えるようなトピックではないし、おれはおれで先日のヒロ子さんとのことがあるから内心では動揺していたけど、それでもなんとか面白おかしく話し、それから、おれの夫や父親としてのダメぶりをドラムが脚色して語り、ドラムのイズミちゃん奪還作戦をおれが大仰《おおぎょう》に語り、また三人で笑い合い、もちろんおれはあえて笑うようにしたし、久美ちゃんもドラムもそうだと思うけど、そうして、スタッフが飲み物のラストオーダーを取りにきたのを潮に、おれたちは会計をしてもらい、店を出た。まだ十二時前だったし、行きとは違ってサンタクロースではなくなっていたので、おれは電車に乗って帰るつもりだったのだけど、ドラムは当然のごとくタクシーを拾い、まずは久美ちゃんを家まで送り届けてから、おれの部屋は四谷三丁目だし、ドラムは初台《はつだい》なので、運転手にそのように告げて新宿方面に向かってもらった。

「なあ、ドラム」おれはしばらく沈黙が続いた後で切り出す。「やっぱおれたちも歳を取ったんだな」

「あったり前だろうが」ドラムは呆れるように言ってから横目でおれを見る。「でも、珍しいこと言うじゃないか」

「いや、だってさ……」

おれはそうは言ったものの、その後をどう続けていいかわからないでいると、ドラムが言う。

「どうしてシロウがそんなふうに感じたのかはわかる気がするけど」

おれは黙る。窓の外に目をやると闇の中に東京スカイツリーが浮かび上がっていた。

「俺たちが三人で暮らしてたのはほんの少し前のことって気がするのに……な？」

「そうなんだよ、ほんと」おれは叫びだしたくなる気持ちを抑えて言う。「ほんの数年前って気がするんだ、こうして再会してみると」

「でも、実際は十六年が経ってる」

「そう。その間におれたちは完全に大人に……いや、あの頃だって大人だったかもしれないけど、まだ大人の中の新米で……だけども今はもう、どうあがいたってれっきとした大人なんだ」

「ああ、そのとおり」

「つまりさ、あの頃は、まだどうにでもなるような気がしてた、人生なんてまだ自分次第でどうにでもなる気がしてた。単なるバカだったのかもしれないけどそれでもそう思い込んでた、おれは。でも、いつのまにか、ほとんど決まってしまっている。もうどうにでもなんてならない」

「ああ。すごく限られてるよな、できることなんて。今の自分が身をおく条件と環境の中でどうにかやってくしかない。好むと好まざるとにかかわらず」

「そうなんだよ、ほんと」そう言ってからおれは自分が話している相手が誰なのかということをあらためて意識した。終電を逃したわけじゃないのにどうして葛飾区から新宿区や渋谷区までタクシーで帰ることができているのかも。「まあでも、ドラムは成功してる。自分の好きなことを職業にして、しかもそれでがっつり儲かってるんだからな。すごいよ、ほんと」

「いや」ドラムはきっぱりとした口調で言い、ゆっくりと首をふる。「しょっちゅうわかんなくなってるよ。こんなんでいいのか俺は、っていつも自問してる」

「……そうなのか？」

「シロウだから正直に話すけど……俺はいまだに、デカメロンズのことを、心の底では見下してるんだ。こんなしょーもないバンドってどこかで思ってるんだ。俺はこんなバンドをやりたくて必死にがんばってきたんじゃない。でも、実際問題、デカメロンズでドラムを叩くのが俺の職業だ。紅白なんかにしゃあしゃあと出て行って演奏するのも俺の職業だ。それで身を立てている。デカメロンズをやめたら俺は食いっ逸れる。そりゃあ時には他でも叩いてるよ。でも、今はどこにいってもデカメロンズのドラムっていう肩書きがついてまわる。そういうことだよ」

「でも、ドラムを叩くのは好きだろ?」

「まあ、それはそうだ。でも、それ以上にロックンロールが好きなんだ。本物の。迎合なんて糞食らえっていうロックンロールが。俺の言いたいことわかるか、シロウ?」

おれはうなずく。「わかってると思う」

ドラムは黙る。おれも黙る。やがて救急車がピーポーピーポーとサイレンを鳴らしながら後ろからやってきて、タクシーはいったん脇によけて停まる。再発進するとドラムはぼそっと呟く。「まあでも、俺のことはいいよ。シロウのこともいい。おまえだって好きなようにやってるんだから、なんだかんだ言ってもさ。そうだろ?」

「ああ、そのとおりだ」おれは同意する。「おれたちのことはいいよ」

そうしてまた沈黙。なんだかやけに重い沈黙。自分たちがもう若者ではないことを切々と認識させられる沈黙。生きていくということの過酷さやこの狂おしき世界の無慈悲さをしかと思い知らされる沈黙。いつしか、タクシーは内堀通りを走っている。窓の外から皇居の暗がりがいつにない存在感で迫ってくる。

「何かできないか?」おれは言う、ドラムにだけではなく自分に向かっても。「おれたちに何かできることはないか?」

少し間を置いてからドラムは言う。「考えておく。おまえも考えておけ」

「年明けも相変わらず忙しいのか？」

「いや、三月までは比較的ひまだ」

「わかった。考えておく」


少し歩きたかったのでおれは新宿通りに入ったあたりでタクシーを降ろしてもらい、ドラムはさらにどこかの店で飲んでいきそうな雰囲気をこれみよがしに出していたけど、まあ、それは知ったこっちゃないので、おれは二十分ほどとぼとぼ歩いて部屋に帰り、いつのまにか女友達からラインで届いていた、これから飲まない？という突然な誘いに、すでに熟睡中です〜また今度ね〜などと断りの返信をし、それから熱めの風呂に浸かってパジャマを着てそのままベッドに潜り込んで、ドラムと話したことの続きをあれこれ考え、この十二時間あまりはほとんど忘れていたヒロ子さんとのこともあれこれ考え、眠りに落ちる寸前になってから、ああそうだこんな時こそ、と思いついて掛け蒲団《ぶとん》を払いのけると、パジャマの上に革ジャンを羽織ってベランダに出て、月のない寒空を見上げ、天にましますわれらの神よ、と祈った。久美ちゃんに再会できたことは嬉しいけど、今は苦い気持ちです。自分で招いたこともあるけど、それを除いても苦い気持ちです。月並みな祈りかもしれませんが、どうか受け入れてください。このおれに変えることのできない物事を受け入れる落ち着きと、おれに変えることのできる物事を変えてゆく勇気と、その二つのちがいを見分ける知恵を授けたまえ。いや、ほんと、マジで。今夜はこれ以外ごちゃごちゃ言いたくないです。ほんと、マジで、お願いします。アレルヤ。

4. わずかに残されたおれたちにできること

これってつまりウツ？　ウツってこういう状態のことを指すの？　ついにおれにもウツが、ちまたで猛威を振るう、というか、友人たちの何人かを苛《さいな》み、友人と言えるほどには親しくなかったけど高校時代の同級生をスーサイドにまで追いやった真正のウツが、襲いかかってきたわけ？

年末から年始にかけてはそんな考えが去来するほどに、我が人生史上最強クラスの、妻と離婚して息子と別居することが決まった時だってもう少しはマシだった気がするくらいの、まあ、喉元過ぎれば熱さを忘れるってことなのかもしれないけどね、ひどくウツウツとした気分で過ごした。なんにもやる気が起きなかった。これまでだったら、落ち込んだり気が塞いだりしても、飲みに行って誰彼なしにたわいないおしゃべりをしたり、チャーミングな女の子と美味しいもの食べに行ったり、中古レコード屋さんに行ってナイスなレコードをゲットしてきてそれを大音量で聴いたり、あるいはジャージに着替えて何キロか走って汗を流して熱いシャワーを浴びたりすれば、塞ぎの虫の大群は撤退してくれて、撤退しなかった執念深い虫はてきとうになだめて、なんとかやり過ごせたんだけど、このたびはそもそも外出する気にすらなれなかった。お腹が空いても近所の、ダッシュすれば四十秒くらいで行けるコンビニやファミレスにさえ行くのが億劫《おっくう》で、キッチンの棚の奥のほうに見つけた、非常食、と言えば聞こえはいいけど、いつ買ったのかも覚えてない、しけかかったビスケットとかカップ麺とかを食べて、食べた後で気分が悪くなって食べたばかりのものを吐いたりしてた。ジャージに着替えてジョギングするとか、エッチな女友達を誘ってエッチなムードに導くとか、そういうのは空を飛ぶくらいに非現実的。ふだん部屋にいる時は仕事中にしろレジャー中にしろほとんどずっとかけっぱなしの音楽にしても、古めのロックや新しめのロック、ハウスやテクノ、ソウルやヒップホップ、オールディーズやジャズやアンビエント、Jポップや懐メロ、さらにはベートーヴェンのピアノソナタやバッハの無伴奏チェロ組曲とかまで試してみたけど、どれもしっくりこず、ものによっては耳障りにすら感じて、とうとうプリメインアンプの主電源を切ってしまったほど。

それで、隣室の住人が咳《せ》き込むのが洩れ聞こえるほどに静まり返った部屋でなにをしてたかというと、ソファやベッドにごろんと横になって、眠くもないのにふて寝したり、なんとなく手持ち無沙汰という理由だけでスマフォをいじりながら、女子アナが妊娠を発表しただのグラビアアイドルが引退宣言しただのイケメン俳優が熱愛しているだのそれで当人が世間をお騒がせして申し訳ありませんなどとブログで謝っているだの、くだらない上に時々わけわかんなくなる芸能ニュースを読み流したり、勝っただの負けただのチームを移籍しただの新契約を交わしただのそれが週給数千万円だの、読んでるうちにだんだん腹立たしくさえなってくる主に海外サッカーを中心としたスポーツニュースを流し読みしたり、ユーチューブで懐かしいだけで何の足しにもならない大昔のヴァラエティ番組を観たり、さらには「黒下着　美熟女」などというワードでネット検索して女の人の淫らな画像を眺めたり、それをおかずにしてたいしてしたくもないマスターベーションをしたり……まあ、早い話、自分の実人生から逃避していられるネタを次から次へと探し出して、それに無理やり没頭してた。没頭しすぎて、あやうく紅白歌合戦を見逃してしまうところだった。よく知らないけど数字上では十人に四人とか五人とかが観るらしい国民的歌謡番組でドラムを叩くドラムの晴れ姿を。その時だけは大晦日もオールナイトで営業していていつもはお洒落なフランス映画とかが流れてるモニターで紅白歌合戦を流すと事前に聞いていた、新宿御苑近くの長ったらしい名前のバーまで出かけて行ったけど。なにしろ、部屋にはテレビがないので。いや、モノはあるんだけどアンテナにも繋がずに放置してあるので。観終わってから、べつに見逃してもよかったな、こんなのだったら、なんて思ってしまったけど、それはまあ、ともかく。

そうして、年が明け……おれも人の子、親に帰る約束をしていたので……どうにかこうにか電車を乗り継いで実家に帰った。それで、母親の手製のおせち料理を食しながらのなんてことのない会話の中で、最近なんだか空《むな》しくてさー、もの悲しくてさー、やる気も減退してるんだよなー、などと洩らしたら、弟には、なに甘ちゃんなこと言ってんだよアニキはいつまでたっても、とか言われ、親父には、歳だなおまえも、いずれもっとひどくなるぞ、とか言われ、おふくろには、それ更年期障害なんじゃないの、男の人もなるんだって、あんたもそろそろそういう年齢なんだから、とか言われ。弟や親父のコメントは黙殺して、母親のそれをひとまず採用することにし……まあ、いずれにせよ時期尚早と思ったけど、知識として入れておいても無駄ではないので、さっそくネットで男性更年期障害を検索してみると、たしかに思い当たる症状がいくつかあり、病院に行く以外の自分でできる治療法としてそこに記されていたのは、栄養バランスの取れた食生活を送ること、それからウォーキングなど適度な運動をすること、などだったので、四谷三丁目の部屋に戻ってきて四五日のあいだ、ジャンクフードは避け、糖質も控え、アルコールさえも控え、ビタミンやミネラルを意識した食事を取り、亜鉛のサプリメントまで買ってきて摂取し、敢行するまではめちゃくちゃダルかったけど、おりゃあー！とか叫びながら一念発起してジャージに着替えて外に出て走ったり歩いたりし、スマフォで淫らな画像や動画を鑑賞するかわりに映画館に行ってまっとうな、少なくとも堂々と人に観たことを言える洋画を鑑賞し……そんなこんなをしているうちに、ウツ、ないしウツっぽい症状からはおおよそ脱出できたという次第。あくまでも、おおよそ、だけど。つまり、やる気満々になったわけじゃないし、生きてるのってそれだけで楽しいーとか、おれってやっぱ幸せーとか、そんなハイな気分からはかなり隔たっているのだけど、ロウにしても許容範囲というか、これくらいの憂鬱ならたまにあるよな、生きてるんだもの仕方ないよな、と思えるくらいには回復した。我が心の状態を計る指標であるかもしれないところの、音楽もまたふつうに聴けるようになったし。まあ、もしかしたら単に、正月休みが終わって世の中が通常の動きを取り戻し、下請けコピーライター業もまた始まって、メールや電話が来るようになって、あさってまでに仕上げていただけません？とかなんとか、言葉遣いだけはわりに丁寧だけど有無を言わさない調子で言われたりして、ソファやベッドに寝転がってスマフォをいじりつつグダグダしてるわけにはいかなくなった、というだけのことかもしれないけど。

　あ、そうそう、このウツ、ないしウツっぽい症状をもたらしたきっかけだけども、それはいくつかあって、しかし、それらはあくまでもきっかけであって直接の原因ではなく、すごく簡単に言ってしまうと、それらを呼び水として、生きることの過酷さやこの世界の無慈悲さ、そして、自分の非力さや卑小さや、ひいてはダメさ加減をあらためて痛感させられた、ということなんだと思う。こうやって言葉にしてしまうと、なんだよそんなことかよ、と自分でも思ってしまうし、あなたやきみもそう思って冷笑してるだろうけど。いいよ、笑ってくれて。

でまあ、だいぶ回復したので、今夜は久々に賑やかなところへ飲みに行こうかなあ、なんて思い始めた宵の口、とはいえ、まだその日の仕事は終わっていなかったんだけども、折よくドラムから飲みの誘いの電話があり、おれはアッパー系環境を欲していたこともありミラさんのところに行こうぜと提案したんだけど、ドラムは今夜はヒロ子さんのところだと言い張り、ヒロ子さんのところはどちらかというとダウナー系だし、個人的にも思うところがあったのだけど、まあ、かたくなに拒否するほどの思うところではないので、ドラム案を受け入れ、午後九時に下北沢のアラバマにて落ち合うことになった。

場所がアラバマに決定したので、先に言っちゃうと、じつは、バー・アラバマに行くのは、久美ちゃん宅で催された一日遅れのクリスマスパーティの翌晩以来のことで、年末年始をウツウツと過ごしたことには、バー・アラバマおよび店主のヒロ子さんが関わっていないとは言えない。つまり、関わっていると言える。うん、かなり言える。何があったというわけではないのだけど。というかむしろ、なんにもなかったからこそ。だってね、このあいだは酔った勢いもあったとはいえ……なんと言えばいいのだろう……まあ、古めかしい表現で言えば、肌を合わせてしまったというのに、ヒロ子さんったら、そのことにはまったく触れず、いや、ダイレクトに言及するのは他のお客さんもいたのだから無理だろうし、このあいだは気持ちよかったよね～、なんてスポーツ感覚で言われても困惑しちゃうけど、それにしても、ふつうそういうことがあった後って以前とは別種の雰囲気がおのずと醸し出されるもんじゃない？　わたしたちはもう以前のわたしたちじゃない、みたいな感じが？　わたしたちはただの友だちじゃない、みたいなスペシャルな感じが？　スウィート系であれ、ビター系であれ。それがぜんぜん。おれは多少なりともそのような心持ちでヒロ子さんと接したつもりだし、だからヒロ子さんを見つめる目つきにもそのようなニュアンスが含まれていたはずだけど、ヒロ子さんからはぜんぜん、なんにも伝わってこなかった。おれが致命的に鈍感なだけかもしれないけど、その視線にはこれっぽっちもそのようなニュアンスは含まれていなかった。すなわち、十数年前と変わらぬ、というか十数年ぶんの齢《よわい》を加えた、風呂上がりのコアラみたいな視線。逆に言えば、そういう態度って、あったことをなかったことにする、すこぶるスマートな振る舞いなのかもしれないけど、その手のスマートさって、正直なところ、おれは苦手で。どうあれ、あったことはあったことなのだから、なかったことになんかしたくないのであって。あったことはあったことで仕方がなく、それを踏まえつつ先に進みたいのであって。進むのがどっち方面であれ。

　そんなわけで、おれは矢も楯もたまらず、他のお客さんには聞こえないタイミングを見計らって、お店終わってから軽くどう?と誘ってみると、ごめんね今夜は疲れてて、とヒロ子さんは小声でこたえながら両手の人差し指でペケマークを作ってきて、その時はたしかに、ちょっとだけスペシャルな、ビター系ではあるけどスペシャルなヴァイブレーションが伝わってきたので、断られたのに変な話だけど、妙に安堵した。で、その場では、ノープロブレムだよ、また今度タイミングの良い時にね、などと言って努めて明るく軽やかに受け流したのだけども、時間が経つにつれ、我が心模様は徐々にダークな色彩に変わっていき……まあ、その晩の寝しなは、またしても深酒しちゃったなあ、くらいな感じだったし、翌朝の起きしなも、うわ〜二日酔いだ、くらいな程度だったのだけど、その二日酔いの一種と思ったグルーミーな気分は、午後になっても夜になってもさらに翌日になっても晴れず、晴れないどころかいっそう濃霧に包まれ、冒頭で述べたように、そのままずるずるウツウツとした年末年始に突入したのだった。

　しかし、繰り返しになるけど、それが唯一のきっかけでは絶対にないし、きっかけの一つではあるにせよ、それをいつまでも引きずるのははなはだ野暮だしアンフェアなので、小田急線の車内と下北沢駅からの道すがら、今夜は今夜の風が吹くさ、などとことわざをもじり、それに勝手な節を付けて自分にしか聞こえないような音量で何度も口ずさみ、さらに、口ずさんでいるうちにどういう脳内連想があったのかは知らないけど久々に思い出したフィリップ・マーロウ的な世界観を、かつてヒロ子さんに会いに行く時はたいてい纏《まと》うことにしていたフィリップ・マーロウ的な世界観を自分の中に大急ぎで注入し、具体的には、一杯目はギムレットを注文することに決めて、そのようなハードボイルドな注文にふさわしいと思われる表情を作り、それを他店のショーウインドウやガラス窓を鏡にして確認し、それから、タフでなければ生きていけない優しくなければ生きている資格がない、という、マーロウのセリフを自分の弱い心に言い聞かせながら、バー・アラバマへと向かった。そうして、満を持して……ってちょっと大げさか……まあ、でも、それなりの覚悟を決めて、アラバマ空間への扉を押し開けたのだけども。

「あけましておめでとう」ヒロ子さんは、いらっしゃい、の後にそう言って、熟《う》れたコアラの瞳でにこやかに笑う。「今年もよろしくお願いね、シロウくん」

あちゃー。いきなり調子が狂うんですけど、そのような年始の挨拶は。おれの中身は、一九四〇年代から五〇年代にかけての卑しき街ロサンジェルスを行く孤高の私立探偵＝フィリップ・マーロウなのに。がしかし、日本人として当然と言えば当然の挨拶でもあるので、こちらも同様にぺこっと頭を下げて述べる、本年も引き続きよろしくお願いいたします。そうして、ベニー・シングスのものと思われる甘やかな歌声と軽やかに弾むビートを鼓膜で捉えつつ、三分の二ほど席が埋まった店内をざっと見渡すと、カウンターの一番奥に、バス・ペールエールを瓶から直飲みしているドラム。あれれ？　早すぎない？

「時間、間違えてるぞ」おれは隣に座るなりドラムに言う。ヒロ子さんと二人きり……いや、二人きりはお店だから無理だろうけど、少なくともドラム抜きでしばしおしゃべりがしたくて、約束の時間よりも三十分以上も早く到着したっていうのに。

「間違えてないよ」平然とドラムは言う。「おまえこそ、いやに早いじゃねえか」

「仕事が早く片付いたんだ」いやいや、相当な気合いを入れて本日分の仕事を片付けてきた……いや、切り上げてきたんだけども。

「俺もそんな感じ」

そんな感じってどんな感じだよ？　どっかで時間をつぶしてから来いや。集合時間はちゃんと守れ。などと激しく思うが、そうは口に出せず。まったく、他人の心の機微というものがわからない男だ。何かにつけてもタイミングが悪いのは今に始まったことではないが。いてほしい時にはいず、いてほしくない時にいる男、ドラムこと上田健夫、近い将来のオオタケタケオ。

「観たぞ、紅白」もはやギムレットという気分ではなくなっていたので、レッド・アイを注文し、ヒロ子さんも交えての新年の乾杯をした後で、おれは言う。「ずっこけたけどね」

「ずっこけた？」ドラムは余裕の表情で問い返す。

「だって、ドラムがアップで映ったのってぜんぶで三秒くらいじゃないか」

「五秒半だ。イントロで三秒弱。間奏で二秒半ちょっと」

「は？　おまえ、自分で計ったのか？」

「計るだろ、ふつう」

「計らないだろ、ふつう」こいつの感覚にはついていけない。「トークとかもないしさあ。問題発言してくれるんじゃないかって期待してたのに」

「ま、しょせんは紅白、しょせんはＮＨＫ」とかなんとか、無難にまとめるドラム。

「でも、カッコ良かったよね」と、カウンター越しにヒロ子さんが口を挿《はさ》んでくる。

「わたし、キュンとしちゃった」

「あれあれ、ヒロ子さん」おれは情けなくもいささかのジェラシーを覚えつつ。「お世辞はドラムのためにならないよ？」

「あら」なんてこと言うのシロウくん、みたいな表情になってヒロ子さん。「お世辞なんかじゃなくて。ほんとにカッコ良かった」

「しびれたね、ボクも」と、カウンターの中ほどに座る、どうやらおれたちの会話に聞き耳を立てていたらしい、五十代半ばとおぼしき男性客が参入してくる。さらに、その連れらしい同年代の女性客も。「あなたたちが今回の紅白では一番良かったわ」

「ですよね～」とヒロ子さん。

「あざっす」とドラム。

「あざっす」と、場の空気に飲まれて、おれまでもが。

その後もしばらく、おれには有名人に対する媚《こ》びへつらいにしか感じられないやり取りがあり、背中や首筋にほんのりと寒気を覚えながらも、てきとうに合いの手を入れ、やがて話題は紅白歌合戦全般におよび、おれはデカメロンズ以外はほとんど観ていないのでついていけなかったけれども、やっぱ紅白ってのはすごい影響力なんだなあ、腐っても鯛、腐っても紅白なんだなあ、なんてことをあらためて実感し、そうしてだんだん話の焦点がぼやけていって、五十代の男女がヒロ子さんを独占し始めると、おれは何の気なしにドラムに尋ねた。正月は何してたんだ？

「温泉に行ってた。湯布院《ゆふいん》」

「オオタケ家のイズミちゃんと？」

「そっちはまだだ。明日会う」ドラムはきっぱり言い……ようするに、そのことに関しては今日は何も言えることがない、言いたくもない、ということだろう……話題を戻す。

「うちの親や姉貴の家族と。一年に一度くらいは親孝行しないとな。シロウは？」

「実家に一泊。あとは部屋でグダグダしてたな。グダグダ、というか……じつはウツウツとしちゃってさあ」

「またかよ？　おまえはしょっちゅうそんなことを言ってる」

「言ってねえよ、そんなこと」言ってねえだろ、そんなこと一度だって。

「ついこのあいだもジメジメと悩んでたろ？　幸せなのか不幸せなのかって」

「あれとこれは違うの。あれは……言わば、哲学的考察だ」

「はいはい」とドラム。「今度のテーマはなんだ？」

「いや、だから、テーマとかそういうことじゃなくて……空しさとかもの悲しさとかが体じゅうを這いずりまわる感じ。ついにウツ病になっちゃったかと思ったよ」

「ないない。シロウにウツ病はない。タコは骨折しない」

「な、なんだとこの野郎」

「ま、聞いてやろうじゃないの」と、やたら上から目線のドラムがほざく。「きっかけは？」

「……まあ、年の瀬にいろいろと重なったからかなあ」おれはさりげなく声を低めて言う。ドラムには言えないこともあるんだけども。いずれ言っちゃうかもしれなくても今はまだ言えないことが。

「いろいろ？」

「つーか、ドラムだっていろいろと思うところがあっただろうが」

少々鋭い口調でそう言ってやると、ドラムは黙る。タイミングの悪さが持病のこの男は今ごろになっていろいろと考えているのかもしれない。自分のバス・ペールエールとおれのペルノーの水割りと二人のチーズの盛り合わせをヒロ子さんに注文し、すぐに出てきたバスをくいっと飲んで、おもむろに口を開く。「俺だってラファのことは心配だ。久美ちゃんのことも。だけど、俺たちがジメジメ思い煩っても仕方がないだろ」

「だけど」おれは続ける。「久美ちゃんの笑顔の奥にあった……なんて言えばいいんだ？　疲れとか焦りとか失意とか……おまえだって気づいただろう？　あの表情を思い出すと――」

「悩むより考えろ」ドラムはおれの湿っぽい思考を一刀両断するかのごとくぴしゃりと言う。「考えたか？　おれたちに何ができるか」

「考えたよ。考えたけど、どれもいまいちで」おれは正直に言う。「ドラムこそ考えたのか？」

「もちろん、考えた。でも、これだ、というのがない。ただ、お金を出せばいいってもんじゃないしな」

「ああ。ただお金を出すなんて……ていうか、お金のことだけじゃないじゃん、おれたちがやるべきなのは」

ドラムはうむとうなずき、何種類かのチーズをプレートに盛り合わせているヒロ子さんに視線をスライドさせる。おれもその目の動きに釣られるようにヒロ子さんを見やる。そうやってあらためてヒロ子さんの横顔を注視すると、ビター六割スウィート四割なエモーションが喉元までこみ上げてきたのだけど、それはそれ、これはこれなので、こみ上がってきたエモーションをどうにか胸の底へ押し戻す。ほどなく、ヒロ子さんはチーズのプレートとペルノーの水割りをおれたちのところへ運んできて、はい、どうぞ、と言い、それからおれとドラムの顔を交互に見澄ました。

「どうしたの？　二人して深刻そうな顔して」

「ヒロ子さん」とドラムが切り出す。「ちょっと知恵を貸して」

ドラムがおまえが話せというのでおれが話した……まあ、年末にもざっとは話したんだけども、もっと詳らかに、もっと具体的に。久美ちゃんの息子のラファエルが毛様細胞性星細胞腫という脳腫瘍を患っていること。月に一度、札幌の病院まで通っていること。近いうちに手術をしなくてはならないかもしれないこと。全摘手術となれば、視力を失う可能性が高いこと。推測するに、多額の治療費がかかっていて、家計が相当に大変であること。

「俺たちに何かできないかって考えてて」おれが話し終えるとドラムが言う。

「ドラムくんとシロウくんなんだから」ヒロ子さんは即答する。「音楽を絡めるのが一番じゃない？」

うむうむ。なんら異存はありません。というか、そこまでは考えたんです。心の中でそう呟きながらおれは続きを待つ。

「もう一度、バンドをやったら？　そして、チャリティ・ライヴをするの。それを前面に押し出す必要はないと思うけど、ラファくんや久美ちゃんや家族のみんなも招いて。こういう言い方はドラムくんもシロウくんも好まないかもしれないけど、今だったら、けっこうな数のお客さんが集まるでしょ。ドラムくん、名前出しちゃまずいの？」

「いや、それは大丈夫だと思うけど」とドラム。

「でもさあ……」とおれ。

「なんかさ」言いよどんでいるおれの後をドラムが引き継ぐ。「ありきたりじゃない？」

「そうそう」とおれも同意する。「ありきたり。いくらイメージしてもテンションが上がらない」

「正直に言うぞ」とドラムはいきなりおれに向き直って言う。「シロウのヴォーカルの後ろでは叩きたくない」

「おいおい」おれはいささかムッとしながら言う。「そんなにずけっと言うなよ」

「人に歌を聴かせる自信なんてないだろ？」

「……ない」じつはそのことをおれも考えていたのであり。「全然ない」

「やってるうちに自然と感覚が戻ってくるって」とヒロ子さんはおれを慰めるように言

う。

「いや、ヒロ子さんね」とおれは言う。「おれがバンドで歌ってたのは二十年も前の話だし、それっきり歌ってない。そもそもが、へなちょこパンクバンドのヴォーカルなんだよ。チャリティであれなんであれ、人にお金を払ってもらって演奏する以上は音楽としての質が高くないと」それからドラムに向き直る。「だろ?」

「そのとおりだ」とドラム。

「そっかなあ」ヒロ子さんは、腑に落ちないのだろう、首を傾《かし》げて言い、少し間を置いてから、また口を開く。「じゃあ、DJイヴェントをやるってのはどう?」

「それも考えたんだけどね……」とおれ。

「……そうね」とヒロ子さんはおれの思いをそのまま口に出してくれる。「パッとしないね。言い出しておいてナンだけど」

「だよな」とドラム。「ちょっと安易だよな。そういうのは久美ちゃんの誕生日パーティにでもやればいい」

そうしておれもドラムもヒロ子さんもしばし黙ったのだけど、そこで、最近はしばしばサブスク配信のシャッフルでかけているらしい店内のBGMが、曲名は知らないけどシコ・ブアルキからゴー・ビトウィーンズの「Right Here」へと変わり、その曲調の変化がヒロ子さんの思考になにがしかの影響を及ぼしたのかもしれない、あるいは曲調の変化とはほとんど関係ないのかもしれないけど、あたかもシャツのボタンの掛け違いに気づいたみたいに、表情も声音も変えてヒロ子さんは言う。「ねえねえ、ここで悩んでないで、久美ちゃんに相談してみればいいじゃない？　ラファくんのためになにかやりたいんだって、正直に話して」

「……だな」一拍置いてドラムは言う。「それが一番いいな」

「……だね」とおれも言う。「明日、久美ちゃんにメールしてみるよ」

と、そこで、出入り口の扉が開き、二十代後半と思われる男女のお客さんが入ってきたのだけど、いつしかバー・アラバマは満席になっており、申し訳ないです、と謝るヒロ子さんを遮るようにドラムが、俺らが出るよ、とおれの同意も得ずに言い、は？なんで？と思ったのだけど、ドラムはさっそく立ち上がってジーンズのポケットから財布を出していて、は？なんで？と思い続けながらも、ドラムの素早く迷いのない行動に引きずられるようにおれも立ち上がった。

コージーで暖かなアラバマから凍える真冬の下北沢の路地に出てから、なんで出たの？とおれが訊くと、場所を変えるとまた別のアイデアが生まれるかもしれない、などとドラムはずいぶんと真っ当なことを言い、あれ？久美ちゃんに尋ねてみることにしたんじゃないの？とおれが言い返すと、まあそうだけどいいじゃないか今夜は無礼講だ、とかなんとかまったく意味不明のことも言い、ちょうど通りがかったタクシーを止めると、おれを後部座席に押し込めるようにして乗せ、自分も乗り込むと、新宿二丁目まで、と運転手に告げた。

ミラさんことキース三浦氏が営むバー、というか、ほとんどクラブ〈West End Spirit〉は、前回来た時と同様かそれ以上に、女装した男子や男装した女子や男装も女装もしていないけどたぶんゲイやたぶんレズビアンや、おそらくトランスジェンダーや、きっとストレートだけどもスタイリッシュかつエキセントリックなオーラを放つ男女で混み合っており、彼らや彼女らはかなりの音量で流れるエレクトリックなダンス・ミュージックに合わせて踊ったり、体を揺らしながら顔を寄せ合って談笑したり、ボックス席に陣取ってわやわやと騒いだりしていた。

今夜は賑やかなところアッパー系なところで飲みたいな、とほんの数時間前までは思っていたくせに、じっさいに賑やかかつアッパー系の場所に来てみると、自分がまだまだ回復途上であることを思い知らされ、いささか気後れしてしまったのだけど、それはともかく、カウンターの一番端のストゥールに腰掛けて、濃い琥珀色のクラフトビールの一口目を味わうと、ドラムがだしぬけに言う。

「ケルアックの『オン・ザ・ロード』は読んだことあるか？」

「あるよ。あるけど、なんだよ、急に。びっくりするじゃないか」ドラムを相手に文芸関連の話をするなんて、四半世紀をゆうにこえる付き合いの中で、二回目か三回目だろう。

「温泉で三連泊ってのは退屈だからな」じゃっかんきまり悪そうにドラムが言う。「再読したんだよ、何年かぶりに」

「……で?」ほんとに再読なのかよ? 初めて読んだんだろ? と訝《いぶか》しみながらおれは問う。

「最後のところに何て書いてあるか覚えてるか?」

「うーん……覚えてないな」おれが読んだのはもう二十年くらい前の話だし。『路上』の時代だし。再読もしてないし。

「これからどうなるのかは誰にもわからない、見捨てられたボロのように年老いていくことしかわからない……まあ、だいたいそんなようなことが書いてあるんだ」

「そうだったっけ……なんてネガティヴな認識をしてるんだ、ケルアックってやつは」

「でも、そんなもんだろう」

「つーか、何が言いたいの?」今夜のドラムの態度のデカさ、というか、上から目線な態度は、いつもそうだけどとりわけ今夜その傾向が強いのは、正月に二十世紀のマスターピースを一冊読了したせいなのかもしれない、などと思いながらおれは尋ねる。ほんと、この男は、短絡的というか、安上がりというか、ようするにおめでたいというか、なんだから。

「つまりね」とドラム。つまりね、って……なんだか口調までいつもと違うんですけど。

「こういう賑やかなところに来ると、そのフレーズを思い出すんだよ。今はちゃらちゃらと楽しんでる連中もいずれ見捨てられたボロのように年老いてくんだって。それだけがたしかなことなんだって」

「うへっ」おめでたい上に陰険って……ほとんど珍獣の域だな。

「最初からそう思い込んでおけば、ウツウツなんかしなくて済む」

「あ、そういうことね、そこに繋がるのね。しかし、そういうことを今、このタイミングで——」

「いらっしゃ〜い」と、そこでミラさんが登場。

本日の衣装は灰色がかったピンクのショート・ボブのウィッグに、胸元と袖にゴージャスなフリルのついた白のブラウス、ミラーボールみたいなイヤリング。先日はスカンジナヴィアあたりの場末の娼婦を思い起こさせたが、本日はニカラグアあたりの場末の娼婦を思い起こさせた。

「今年もよろしくね」

よろしくお願いします、とおれたちも頭を下げる。

「はい、お年賀。ちょっと入れておいでよ」

そう言いながら、おれたち、というかドラムにこっそり手渡してきたのはモンキーパイプで、その中に何が詰まってるのかは火を見るより明らかであり、ミラさんはニタッと、おれがイメージするところのニカラグアの場末の娼婦ふうに笑うと、続けて鍵の束も手渡してくれ、どこに行けば人目を気にせずに吸飲できるかも教えてくれた。正直なところ、昔みたいに、超ラッキー、とは思わなかったのだけど、そしてドラムもそうは思っていないことがそれとなく伝わってきたのだけど……だって、こいつの場合、今や紛《まご》うかたなきセレブリティなのであり、万が一パクられると半端ない大ごとになるのだから……でもまあ、お年賀として進呈してくれているのに、いやけっこうです、などと拒絶するのはやっぱマナーに反するようにおれは思い、ドラムがどう感じて何を思ったのかは知らないが、とにかく、おれたちはあざっす、いただきますとミラさんに礼を述べて、ライターも拝借して席を立ち、店からいったん出て、エレベーターに乗り込んで最上階まで行き、エレベーターの横にあった狭めの階段をのぼり、途中にあったクリーム色の柵を鍵で開け、さらに階段をのぼり、すると灰色の鉄の扉があって、それも別の鍵で開けて屋上に出ると、ミラさんが教えてくれたとおり、貯水タンクの脇にスタンド灰皿が設置されてあり、たしかにそこは周囲のビルからも死角になっていたので、おれたちは、なるほどね、というようにうなずき合い、さっそくことを始めた。そんなに乗り気じゃなかったはずなのに、いざ始めてみると、おそらくは含有成分そのものよりも、そこに至る一連の行動によって心の鎧戸《よろいど》が、ふだんは見えざる力によって閉められている心の鎧戸が、開け放たれたのだろう、にわかに晴れやかな気分になり、いいねこれ、上物じゃんこれ、おれひっさびさ、とかなんとか言いながら、交互に楽しみ、いっそう晴れやかでハッピーでピースフルな気分になって、ふと空を仰ぐと、真冬の東京の冴え冴えとした夜空に、微妙に色の違う星がいくつも散らばっており、なおかつ、遠くには高層ビルが林立しているのが見えたりして、その眺めは、ビューティフル、というほかなく、おれはひとり目を瞑って、天にましますわれらの神に語りかけた。ひっさびさのお恵みをあざっす。やっぱ、いいっすね。さすが、神様。

それで、再び階段をくだりエレベーターを使って地下のお店に戻ってきて、順番にトイレに行って、後番のおれが戻ってくると、おれが排尿している間にドラムがミラさんに久美ちゃんラファ関連のことをかいつまんで話してご意見を乞うたのだろう、今でこそ場末の娼婦系に女装したバーの店主だけども、かつてはインディ・レーベルのオーナー兼プロデューサーであったところのミラさんは、おれがストゥールに座り直すのを待って、切り出した。

「そりゃあ、バンドをやるしかないでしょ。あんたたちにほかに何ができるのよ?」

「だけど、なんだかいまいちだな、って話になってて」とドラム。そうなんすよね、うんうん、とうなずくおれ。

「なにがいまいちよ。気取ってんじゃないわよ。上田がドラムを叩いて、吉永くんがギターを弾く。それがマスト。あたしも久々に聴きたい！」と、吉永シロウが伝説のギタリストであることを信じ込んでいるミラさんが声を張り上げる。

ドラムはきょとんとし、それから何を思ったのか、ミラさんに問う。「ヴォーカルは？」

「歌い手は、曲によって入れ替わるの。マッシヴ・アタックみたいに。それがカッコいいわ。久美ちゃん……だっけ？　母親にも歌ってもらって」

「あ、それはいいかも」とドラム。おれも思う、それはいいな。

「もちろん、あたしも歌うわよ」

「まじっすか」とドラム。おれは思う、それはどうですかねえ？

「それから……ラファ？」ミラさんはお構いなしに続ける。「その子にも楽器をやらせるの。……そうね、鍵盤がいいわね。もしかしたら、視力を失うことになっちゃうかもしれないんでしょ？　今のうちに鍵盤を弾けるようになっておけば、スティーヴィー・ワンダーみたいになれるかもしれない」

「ミラさん、冴えてるわ〜」とおれは言い、それからドラムに向き直る。「覚えてるよな？　ラファがクリスマスパーティの時に、キーボードを弾いてた、というか、弾こうとしてたこと」

「もちろんだ」とドラムは力強く言う。「よし。その線で行こう。キーボードはイズミに教えさせる」

「お。その手があったか」イズミちゃんが年少時からピアノを習っていて、短期間ながらアメリカに音楽留学をした経験があることはおれも覚えていた。

「シロウはベースだ」とドラムは言い足す。

「な、なに言ってるのよ⁉」とミラさんが口を挿む。「吉永くんはギターに決まってるでしょうが！」

「いや、おれ」とおれはすかさず言う。「ベースのほうが、じつは得意で」

そう、もともとおれはベースを弾くことから音楽を始めたのであって。中学や高校時代はコピーバンドでベースを弾いていたのであって。もう長いこと弾いてないし、ベースもとっくに売っちゃったけど、ベースなら必死に練習すればなんとかなるだろう、少なくともギターよりはなんとかなるだろう。

「ギターはおれが探しておく」とドラム。「心当たりはある」

「ダメだってば！」とミラさんはなおも食い下がる。「あたしは吉永くんのギターをバックに歌いたいんだから！」

なるほど、ミラさんは、ギターが誰かということよりも、自分が歌うということに力点を置いているようなのだけど、それはまあ、ご愛嬌ということで。

いずれにせよ、話は一気にまとまったのだった。いや、あくまでもおれたちの中ではってことだけど。しかし、これはいけるぞ、という気がした。久美ちゃんやラファもきっとその気になってくれるだろう、そんな気がした。そして、意義のあることだと思った。

でまあ、屋上で吸飲したもののおかげもあってか、その頃には店内のアッパー系アトモスフィアにも気後れしなくなっていて、気後れしないどころか、なんだかんだ言ってみんな仲間、性的指向や性的嗜好は違ってもみんな仲間、スタイリッシュなあなたもダウディなわたしも混じり合えばみんなフレンド、ブレンドしてフレンド、みたいな気分になっており、ミラさんが盛況に気を良くしたのかすっかり歌う気になっててテンションが上がっていたのか、店のおごりよとか言って開けてくれたロゼのシャンパンを飲みつつ、バレアリックなダンスミュージックに合わせて軽く踊ったり、デヴィッド・ボウイの『ダイアモンド・ドッグス』のTシャツを着てたトランスジェンダーらしき若者に、おれ昔ダイアモンド・チワワっていうバンドやってたんだよ、と話しかけて仲良くなってしばし話し込んだり……とまあ、なかなかに楽しく素敵な時間を過ごし、だんだんと夜が更けて、音楽もチルアウトなものになり、ドラムが帰るというので、おれもいっしょに店を出て、近くのラーメン店でタンメンと餃子を食べて、じゃあまたな、久美ちゃんへの連絡は頼んだぞ、ギタリストの件は任せたぜ、なんて言い合って別れて、時々スキップやシャドーボクシングなどもまじえながら部屋に歩いて帰ってきた。

それで、熱めのお風呂に浸かってパジャマに着替えて、ベッドに横たわったのだけど、いやに頭が冴えていて、そうだ、今のうちに久美ちゃんにメールしちゃおう、善は急げ、とか思って、コンピュータを起動してメールソフトを開いたら、なんとびっくり、というか、まるで以心伝心じゃん、とかなり高揚したのだけども、久美ちゃんからメールが届いていた。

シロウくんへ

年末はありがとうね。今年もよろしくお願いします。

時間がないので用件だけを書きます。

じつは、ラファがシロウくんと会いたいって言ってるの。シロウくんのこと、大好きになっちゃったみたい。わたしは、シロウくんはああ見えても忙しい人なんだから、次に遊びにきてくれるのを待とうよ、って言ったのだけど、自分でメールしてみるって言ってきかないの。

アドレスを教えちゃってもいいかしら？
面倒だったりしたら遠慮なく断ってください。へんに気をつかう必要はないからね。
久美より

おれはそれを読み、ドラムとバンドを再び始めるのでシンガーとして参加してほしい、ラファにもキーボードを弾かせたい旨を打診する前に、まずはラファに会ってラファに話すほうが断然ベターだと思ったので、ぜんぜんノープロブレム、むしろ嬉しいよ、よろしく言っといて、みたいなメールを書いて返信すると、さっそく翌日の夜、今度はラファからメールが届いた。

シロウさんへ
クリスマスは遊びにきてくれてありがとうございました。とても楽しかったです。
プレゼントもありがとう。帽子も嬉しかったけど、もっと嬉しかったのはレコードとレコードをかけるプレイヤーです。買ってきてくれたレコードを毎日のように聴いています。

ママには、ダメだよそんなこと言っちゃ、って言われてるけど、やっぱり言います。ぼくと友だちになってくれませんか？　もしよかったら、今度シロウさんのところに遊びに行きたいです。あと、レコードを売っているお店にも連れて行ってほしいです。パパやおじさんやおばあちゃんにお年玉をもらったので、少しお金もあります。

それでは、お返事を待っています。

ラファエルより

なんでか知らないけど、いや、知らなくはないもののちゃんと説明できない、というかしたくないんだけど、それを読んで、おれはグッときてしまった。つまり、その、泣きそうになったということだけども。まあ、ドラムに言わせれば、おれは感傷だけ発達したチンカス野郎らしく、その言いぐさはあんまりだと思うけれども、おれとしても真っ向から否定はできなく、こういう時は自分でも、おれは感傷だけ発達したチンカス野郎だと積極的に思うようにしていて、つまり、自分からちょっと距離を置いて、冷ややかなもう一対の目で自分を見て、泣かないようにしているんだけど、それはともかく、おれはラファに、メールありがとう、いいよ、友だちになろう、いっしょにレコード屋にも行こう、何曜日がいいのか知らせてくれ、というような返事を書いて送信し、もう泣きそうではなかったけれども、心の中はほっこりと温かだったので、セーターにジーンズのままベランダに出て……まあ、出てみるとめっちゃ寒くて縮みあがっちゃったけど……夜空を見上げ、天にましますの神よ、と祈った。ここ最近はおざなりなお祈りばかりですみませんでした。年末年始はいろいろと、もうほんとに、いろいろと考えちゃって、考えたあげくに、何にも考えたくなくなって、ダラダラかつウツウツと過ごして、貴重な時間を無駄にしてしまいました。今、いろいろと、と言いましたけど、つまるところそれは、神様が作ったのかもしれない人間が作ったこの世の中にはとんでもなくたくさんの凹《へこ》みや歪みや捻《ねじ》れがあって、つーか、はっきり言わせてもらいますけど、もうひどすぎる有様で。それでも、ふだんは気にしないようにしてるんですけど、時々気になって仕方がなくなって、でも気になったところでどうしようもないじゃないですか、おれみたいな人間には手に負えないんだから。おれにできることなんてあまりに限られてて、限られすぎてて、しまいには無力さに打ちのめされるというか、そういう感じだったんです。だけど、また元気が出てきました。限られてるから落ち込むとか、落ち込んで現実逃避して時間を無駄にするとか、完全にアホですよね。とてもわずかではあるけれど、できることはあるのだから、それをせっせとやればいいだけの話ですよね。はい、やります、全力で。めっちゃ限られているけれど、わずかに残されたおれにできることを精一杯。というわけで、いつものごとく月並みですけど、どうかご支援を。

……あ、それと、もう一つ。間違った方向に行きかけたら、早めにそれとなく知らせてくださいよ。おれって、やたら間違いの多い人間みたいなので。つーか、あなたがお作りになったクリーチャーの末裔《まつえい》なんでしょうけど。サンキュー。シーユー。シンシアリー。アレルヤ。

5. フクザツな心境

一難去ってまた一難……というわけではないのだけども。

だって、それは災難ではないのだから。ぜんぜん。まったく。いかなる観点から言っても。しかし、僥倖《ぎょうこう》か、というとそれもまた違うのであり。ぜんぜん。まったく。少なくともおれの観点から言えば。なんだか、いつもこんなようなことばかりぼやいているような気もするけれども、おれはまたしても非常にフクザツな心境に陥っているのだ。

なんのことだかわからない？　そりゃそうだよね。おれが吐露しない限り、誰もなんのことだかわからない。天にましますあの方はご存じなはずだけど……いや、つーか、これもおそらくはあの方の仕業なんだよなあ。あの方がいつもおれに辛苦やら難題やら試練やらを供給してくるんだよなあ。いやまあ、楽しみや喜びの大部分もそうだろうし、そっちについては感謝の気持ちしかないんだけど、それにハッピーなことだけ頂戴ってのはさすがに虫のよすぎる要望だとはわかっているんだけど、もうちょっとバランスを考えてくれないかなあ。喜楽と辛苦の。辛苦系や試練風がいやに多い気がするんですけど……おれの気のせい？　気のせいじゃないとしたら、どういう意図があるわけ？　その御心は？　時々、弄《もてあそ》ばれてるとしか思えない時があるんですけど。

どういうことかというとね……ここしばらくの流れからいっても久美ちゃんおよびラファエル関連、もしくはヒロ子さん関連、あるいはせいぜいドラム関連だときっと思うだろうけど、違うのだ……つい先日、いつもなら用件はメールで伝えてくる元妻のマチコから珍しく電話があり、大事な話があるから近々会えないかな？　なんて、シリアスであると同時にある種の高揚も抑えきれないといった口調で言ってきて、おれは内心、いったい何事だ？とかなりドギマギしつつ、口調だけはつとめて軽薄に、いいよ〜いつでも〜最近βカロテンが不足しててさ〜、などとこたえたら、じゃあ明日はどう？と彼女はすかさず言ってきた。

で、離婚してからはおそらく二度目、それも前回は離婚後まもなくだったはずだから、もうかれこれ五年ぶりとかで、息子抜きの二人きりで晩ご飯を食べにいったんだけども、彼女が予約してくれたのが、泣く子も黙る筋金入りのヴィーガン・レストランであり、ニンジンやらセロリやらレンズ豆やらひよこ豆やら玄米やら、つーか、その系統の食材のみで、チキンとかマグロとかプロシュートといった単語はおくびにも出せない雰囲気で、たしかに野菜は食べたかったけど〜お肉だって食べたかったよ〜せめてチーズくらい摂らせてくれよ〜、なんて心の中でシャウトしながらおれは泣きそうになって……あ、話が逸れてるわ、失礼、本当に泣きそうになったのはそっちじゃなくて、彼女が言うところの大事な話のほうで、それがもう仰天ものだったのだ。まあ、じつのところ、電話を切った後でいろいろと想像したあげく導きだした答え、というか、おれが予想した彼女が言うところの大事な話というのは、わたし再婚することになりました、お腹の中には三つ子のワラビーがいます、みたいなやつだったのね。しかし、その予想はあっさり外れて……いや、ワラビーのところだけかろうじて関連してるんだけども、彼女が言ってきたのは、なんとなんと……日高《ひだか》家の家族みんなでオーストラリアに移住することになりました、というやつだった。どど、どわーっ……しばし、絶句。日高家の家族みんな、つまり、かつてはおれの義理の父母でもあったマチコの両親と、マチコの妹夫婦とその七歳の娘と、マチコと我が息子のゴロウとで。まあ、妹夫婦ってのは、旦那がオーストラリア人だからね、旦那のアレックスとおれは一時期、つまり、おれが日高家の一員だった頃はかなり仲が良く、プロパーな日高家の面々に内緒でたびたび例のワルさや別のワルさをしてたんだけど、それはともかく、彼らがオーストラリアで暮らすのは、当然というか、当然ではなくてもじゅうぶんにあり得ることというか、そもそもその手の話は元義妹のひーちゃんとアレックスの結婚話が浮上した当初からたびたび出ていたのを知ってるから、ちっとも驚かないんだけども。アレックスが生まれ故郷であるブリスベンの近郊でカフェを開店するって話も、へえ〜そうなんだ〜くらいの感覚だし。しかし、ふつう、そこに、家族みんなで便乗する？　どんだけ家族の結束が堅いんだよ？いや、待て……べつにふつうとかふつうじゃないとかどうでもいいし、日高家の結束が堅いってのもとても素晴らしいことだろうし、ご両親が移住する、つまり、余生を……まあ、九十歳まで生きるとして、あと二十年ほどの余生を、オーストラリアの、二人のウエディング・パーティの際に一度訪れただけなのでよくは知らないけど、ちょうどいい具合に温暖で、ちょうどいい具合に都会と田舎が、あるいは洗練と素朴が、ブレンドされたような場所で過ごすというのは、彼らにとってもベターなことのような気がするけど……なにしろ、父親は元商社マンで海外赴任の経験は豊富、母親だって結婚前は国際線の、スチュワーデスと呼ばれて女性たちのあこがれの職業だった時代の客室乗務員であり、ようするに夫婦ともに海外どこに行っても場慣れしている、少なくともおれの両親みたいにパニックになったりはしないので。さらに、マチコがオーストラリアで暮らすことを選択するのもさほど不思議ではない、だってあいつが生まれたのはカナダのヴァンクーヴァーであり、その後も小学三年生まで英国領時代の香港で暮らしており……ようするに、帰国子女ってやつで、この呼称はあまり好きじゃないので今後は使わないようにするけど、つまるところ、昨今の我が国ではやけに幅を利かしている内向き志向な井の中の蛙《かわず》ちゃんとはまったく違うタイプの女子なのだから。すなわち、問題は……そう、息子。そりゃあ、ゴロウはまだ十一歳なんだし、親権を有する母親が移住するとなれば同行するでしょ、オーストラリア大陸であれカナリア諸島であれアンドロメダ星雲であれ。そして、客観的に彼の将来と世界の動向を思えば、オーストラリア移住というのはなかなかに良いことだという気がする。少なくともネガティヴなことではない。つまり、その……今、問題は息子、と言ったばかりだけど、ノープロブレム。ノープロブレムだけども、別の巨大なプロブレムがある。……そう、おれ。このおれのこの気持ち。だって、当たり前だけど、おれの息子なんだから。こう見えてもね……こう見えて、というのは、おれってほら、息子のことは、ドラムであれヒロ子さんであれ久美ちゃんであれ、なるべく淡々と話すことにしているから……これを読んでくれてるみんなも、おれにとって息子ってのは人生においてさほど優先順位の高くないものなんだと勘違いしてるんじゃないかって意味……それが違うんだよ、違うに決まってるじゃんか。月に一度、息子と水入らずの時間を過ごすのは、何にも代え難い楽しみであり喜びであり、それどころか、おれの生きる励みであり、希望なんだよ。唯一じゃないにしても、数少ない希望なんだよ。なのに、オーストラリアに移住するということは、息子とはめったに会えなくなるってことじゃん？　少なくとも月に一度会うなんてのはかなりの難技じゃん？　快速列車に飛び乗って一時間半とかいうのとはわけが違うんだけど？　これは大問題だ。我が人生を根幹から揺さぶる大問題だ。これを大問題と言わずして何を大問題と言うのだ？

そのうえ、マチコは珍妙なことを言い添えたのだった。いわく——「お父さんがね、ニヤニヤしながら言うのよ、シロウくんも誘ってみたらどうだ、って。カフェを経営するにあたって、アレックスにも右腕が必要だろう、アレックスとシロウくんはずいぶんと気が合ってただろ?って。それに、彼は日本よりも海外のほうが肌に合ってるんじゃないか、って。お父さんって、いまだにシロウくんのこと気に入ってるみたいね」

な、なんだよ、それ? それって、おれとマチコが復縁することを暗にすすめているのか? たまらずおれがそのように尋ねると、マチコは、知らない、ていうか、それはわたしがイヤだし、と呆れ笑いを含みながら答え、その身も蓋もない答えに思わずおれも呆れ笑ってしまったのだけども。

かいつまんで話すと……いや、かいつまんでないか、とにかく、さきほど述べた災難系ではないけど僥倖系でもないというのは、このようなことなのであった。おれもいっしょにどうか、というのは、優秀な人だし根は真面目だけども頭のネジが緩んでる、いや、一つか二つは外れていると言わざるを得ないマチコの父親の、度を越したジョーク、ないしおちょくりだろうけど。まあ、たしかに、婿時代にけっこう可愛がってもらっていたのは本当のことで……そのおかげで大嫌いだとかねてから公言していたゴルフまで覚えちゃったし……今はもうやってないし、もうやらないだろうけどね……おれもそのことを思い出すと、胸がちくりと痛むのだけど。

しかしながら、日高家の移住についてはおれにはどうにもできないことなので、しかも、移住するのは早くても初夏とのことで、差し迫った案件ではないので、話の筋をいつものところに戻すことにする。いつものところ、つまり、おれの愛すべき仲間たちの物語に。まずは、久美ちゃんの息子であり、おれと友だちになりたいとメールで健気《けなげ》に言ってきた、ラファエルの話に。

ラファとは何度かメールのやり取りをして、今度の土曜に遊ぶことになった。遊ぶ、という表現もなんだかヘンだけど、まあ、ラファは小学生なんだし、遊ぶ、でかまわないだろう。

なので金曜はあえて早めの時間からお酒を飲んでそのぶん早く寝床に入って……入ったものの、息子とめったに会えなくなる件について考え込んじゃったのでなかなか寝つけなかったけど、それでも土曜はいつになく早起きをして三時間ばかり仕事をして、ひとまずラファはおれの部屋に遊びに来ることになっていたので、とっ散らかった部屋を大急ぎで掃除し、窓を開け放ってしっかり換気もし、これじゃあまるで恋人が初めて遊びに来るみたいじゃないかと我ながら苦笑しつつグリーンハーブの香りがする消臭剤まで部屋中に撒布《さんぷ》し、JR四ツ谷駅へ迎えにいった。約束の正午には、まだ二三分の余裕があったはずだけど、取り決めていた改札口にラファはすでに到着していて、歩いてくるおれをみとめると、右手を振りながら照れ臭そうな笑みを見せ、その微笑の中に、おれがほのかに恋をしていた頃の久美ちゃんがひっそりと棲息《せいそく》しているような気がし、さらには、ラファが毛様細胞性星細胞腫という重い病気を患っている事実が、そんなことは百も承知なのだけど、本人の微笑に炙り出されたかのごとく、喫緊《きつきん》の課題として生々しく思い起こされ、おれは唐突に胸が詰まり、やあラファ、よく来たね、と言う声がうわずるのを止められなかった。子どもというのは概してそういうことに敏感だから、ラファは何かを思ったはずだけど、それには触れず、あるいは触れようにもボキャブラリーがないので触れられず、はい、これ、ママから、と言って、久美ちゃんからの手みやげ……後でわかったことだけど、どちらもおれの好物であるカリフォルニアのピノ・ノワール種の赤ワインと小洒落た包みに入ったチョコレート・ブラウニー……をおれに差し出した。

で、最初に、もし気分が悪くなったり頭が痛くなったりしたら我慢しないですぐに教えることをラファに約束させ、それから、昼食のメニューについて相談した。おれが、何が食べたい？と訊くと、ラファは、なんでもいいです、と答え、嫌いなものは何だ？と訊くと、ないです、と答え、うそはいけないぞ、と軽くけしかけると、ラファは少し迷ってから、シイタケです、と答え、まじかよ、おれも子どもの頃はシイタケが嫌いだったよ、と言って笑い、続けて、おれはシイタケの入っていないパスタが食べたいな、と言うと、ラファも、あっ、ぼくもシイタケの入っていないパスタが食べたい、と言い、おれは、それからアボカドも食べたいな、と言うと、ぼくもアボカドが食べたい、と言うので、おいおい真似するなよ、とおれが言うと、真似じゃないよ、ほんとにパスタとアボカドが食べたい、とラファは言い、じゃあ長いパスタと短いパスタはどっちがいい？と訊くと、少し迷ってから、短いのがいい、とラファは答え、どうしてだ？と尋ねると、いつも長いのを食べてるから、と言い……つーか、なんでこんなことをいちいち報告するのかというと、そうやっておれもラファも二人きりで会っている照れ臭さと緊張を解《ほぐ》していったということを伝えたいのだけど……いや、だってよく考えたら、いや、よく考えなくても、かなりヘンじゃん？　したくないけどあえて四捨五入すれば五十歳の中年男と十歳の少年が親子でも師弟でもないのにこうして二人きりで遊ぶっていうのは……まあ、べつにいいんだけどさ、とにかく、そんなおしゃべりをしながらスーパーマーケットに立ち寄って食材をあれこれと買って部屋に戻って、おれが生ハム入りのジェノヴェーゼ・パスタとアボカドとエビとプチトマトとブロッコリーのサラダをこしらえてやると、ラファは美味しい美味しいと言いながら、それらをきれいに平らげた。

「そういえば、さっき思ったんだけど……」ランチの後でラファがぼそっと言う。「シロウさんってパパやママと同じことをするんだね」

「ん？」久美ちゃんやミゲルと？「同じこと？」

「信号の色を気にしてなかった」

「あ……それ」気にしていなかった、とは、粋な表現をするものだと感心しつつ、一方で、マズいことしちゃったな、と反省もしながら、おれは言った。「すっかりクセになってて。ごめんよ。……ていうか、パパやママも信号は気にしないんだ？」

「ぼくやマリサには守りなさいって言うけど、自分たちはあまり……」

そう言ってラファは、イタリアあたりの映画に出てくる子役よろしく、片目をつぶりながら首を振るので、おれは思わず笑い、それから尋ねた。「パラグアイではみんな、どうしてるんだ？」

「もともと信号が少ないから……車が来てなかったら渡るし、車が来てたら渡れない」

ラファは自分の言ったことのおかしみに気づいたのか、すぐに言い足す。「当たり前だね。……シロウさんはどうして気にしないの？」

「……えっとね」ここはぞんざいな返答では示しがつかないだろう。おれは順を追って話すことにした。「はじめてひとりで行った海外がパリだったんだ。フランスのパリ……わかるかな？」

「うん、パパとママが新婚旅行で行ったところだ」ラファは答える――その話は知らなかったが。「パリの人も信号を気にしないの？」

「もちろん、車はちゃんと守るよ。車は危害をもたらす側だから……そもそも車が走るようになったから信号ができたんだし。でしょ？　でも、歩行者はぜんぜん気にしてなかったな。気にしていない、というのは、車が来てるのに車道に突っ込むっていうんじゃなくて。わかるだろ？　それで、とくに問題もなく、街が動いていた。クラクションなんかも日本よりもよっぽど少なかったし」

ラファは神妙な顔つきでおれの話を聞いている。

「それで、おれ、つくづく思ったんだよ。規則ってのは絶対のものじゃなくて、人を縛り付けるものでもなくて、本来は世の中をスムーズに動かすためのものなんだって。だから、スムーズに動いてる時には規則ってそんなに大事じゃないんだって」小学生には難しいかもしれない、そのうえ、教育上は好ましくないかもしれない、などと考えながらも一方で、自分の息子にも時々こんな話をしちゃうし、しかも久美ちゃんとミゲルの息子だし、まあいっか、とも思い、おれはさらに続けた。「そもそも、ヘンじゃない？っていうか、気持ち悪くない？　右を見ても左を見てもまったく車が来てないのに、ただ規則ってだけで、赤信号でぼんやり立ち止まっているのは。しかも、ほんの数歩で渡れるような狭い道路なのに」

「ママもそんなようなこと言ってた」

「どう言ったらいいかな……もうちょっと自然に行動すればいいのにっておれは思っちゃうんだよな。ダメなことや悪いことにも細かいランキングがあってさ、ぜんぶのダメなことや悪いことを片っ端から咎《とが》めて排除していたら、世の中ってギスギスしちゃうんだよ。……それにさ、信号と規則だけに従っていると、信号を無視してきた車に轢《ひ》かれちゃうかもしれないぞ。いちばん大事なのは、自分で判断することだよ。自分の目や耳や頭を使って」

「ふうん」

「思考停止って言葉は……知らないか？」

「うん……知らない」

「自分の頭で考えるのをやめちゃって、ひたすら世の中の常識に従う、誰かの意見を鵜《う》呑《の》みにする、ってことだけど。それってとても危険なことだと思うんだ。考えなくてすむから楽だけど、とても危険」

「ふうん」

「でね……話を戻すと、パリから帰って来てしばらく、あえて信号の色を気にしないで、自分の目で安全かどうかを判断して行動するようにしてたんだけど、いつのまにかそれがおれの習慣になってしまって。たまにおまわりさんに怒られるよ。このあいだはふつうのおばさんにも注意されたし」

「ママとパパもこのあいだおまわりさんに注意されてた」

「ははははは」おれは久美ちゃん夫妻らしいと思って笑う。「だけど、おれたちは大人だしな。ちゃんと考えを持って自分の責任でやってる。ラファはまだ小学生なんだから真似しちゃダメだ。おれもラファといる時は信号を守るようにするよ」

そう言うと、ラファは同意するでも否定するでもない、フクザツな、小学五年生としてはあまりにもフクザツな表情を見せた。まるで自分はその生い立ちからして、つまり、南米の小国・パラグアイのカントリーサイドで生まれ育って東アジアの大国・日本のウルトラメガシティに移り住んだという、さらには父親がルーツこそ半分は日本だけれどもパラグアイ人で母親が日本人であるという出自からして、時には矛盾してしまう二つの規範をあらかじめ装塡《そうてん》されていて、その矛盾とともに生きてゆかなければならないのだ、と覚悟しているかのような。

その後はおれのささやかなコレクションの中からレコードをとっかえひっかえかけつつ、あるいはユーチューブでミュージック・ヴィデオなどを観つつ、主に音楽の話をしながら過ごした。自分の息子と比べるのもどうかと思うけど、他に比べられる同年代の子どもが周囲にいないのであえて比べると、明らかにラファのほうが音楽に鋭敏であり、あるいは音楽的感性の発達が早いか秀でているかで、おれとしても話し甲斐《がい》があり、相手が小学生だということを忘れて、つい話に熱がこもってしまうのだった。また、ラファは音楽そのものだけでなく、レコード盤の溝を針がトレースして音が鳴る、というメカニズムにも興味を抱いていて、それはつまりさあ……とおれは偉そうに説明しかけたもののじつはよくわかっていなかったので途中で諦めて、ネットで検索し、そのメカニズムを詳らかに説明してくれているサイトをいっしょに読むことになったのだけど……結局、おれもラファエルもちゃんとは理解できなかった。いやまあ、ラファは小学生だから仕方がないだろうけど、おれはまっとうなアダルト、というか、義務教育を終えた、いやいや、一応は高等教育も受けている健常な社会人のくせして、これしきのことが理解できないのか、なんて思って、ラファの前では笑ってごまかしたけど、じつはけっこう凹み、後日談ではあるが、再びそのサイトに戻ってプリントアウトまでして精読することになった……つーか、どうでもいいか、そんなこと。

さて、最初のメールに書いていたように、ラファはお年玉を持参しており、それでレコードを買って帰るんだと張り切っていたので、おれたちは四谷三丁目から丸ノ内線に乗って新宿へ向かい、二軒の某有名レコードショップを見てまわったのだけど、昨今のアナログブームのせいで中古レコードはやたらと値上がっており、ほんの数年前までは特売用ダンボール箱に詰め込まれて三百円とかで販売されてたやつが二千円とか三千円で売られていて、小学生のお小遣いで購入させるにはなんだか忍びなく、そもそも、新宿や渋谷というのはレコードを漁《あさ》りに来ているほうぼうからのコレクターや、コレクターとまではいかなくても財布の紐が緩くなっている海外からの観光客が多く、そいつらがせっせと買ってゆくのでおのずと値段も釣り上がる、別の場所へ行けばいくらかは安い、ということをおれはなんとなく知っていたので、そのような中古市場の仕組みをざっとラファに説明して新宿での物色に見切りをつけ、今度は中央線に乗って、ほんとは立川あたりまで行きたかったのだけど、それはいくらなんでもハードな行程なので、吉祥寺へと向かった。案の定、吉祥寺のレコードショップは心持ちリーズナブルで、おれも胸を撫で下ろし、ラファにいろいろとアドバイスをしつつ、ジャケ買いというのもレコード漁りの胆《きも》の一つなのでそのへんは本人の感性に任せつつ、それぞれにレコードを三枚ずつ選んで購入し、おれが選んで購入したやつは、友情の証《あかし》だ、とかなんとか自分でもよくわからないことを言って、ラファにプレゼントした。

そうして井の頭公園近くのカフェで一息つき、時計を見ると午後五時四十分。ラファは八時ぐらいまでに帰宅すれば大丈夫らしく、具合も悪くないし疲れてもいないと言うので、じゃあせっかくの機会だしちょっとだけバー・アラバマに寄って、ラファとヒロ子さんを引き合わせようとおれは考え、井の頭線に乗って下北沢へと向かった。

井の頭線に乗り込むと、ちょうど真向かいの席に、こざっぱりして品の良さげな、バレエでもやっていそうなしゃんとした姿勢の母娘が座ったのだけど、その母親というのが、原田知世と永作博美とジュリアン・ムーアをブレンドしたようなかなりの美熟女で、おれはぼぉーっと見とれてしまい……いや、そんなことよりも……娘のほうも、レオン時代のナタリー・ポートマンに東洋人の遺伝子を加えたらこんな感じになるのかな、と想像してしまうほどキュートな女の子、しかもラファと同じ年頃だったので、とくに底意があったわけではないのだけど、おれは尋ねてみた。

「ラファには好きな女の子とかはいないの？」

たしか先々月、性についてレクチャーをしたついでに同じことを息子に尋ねた時は、父親からあからさまに尋ねられたことへの反発があったのか、あるいは恥ずかしさをごまかすためだったのか、いないよ！ときっぱり、ほとんど怒っているかのような口調で撥《は》ねつけられたのだが、ラファはすぐさま頬と耳をピンクに染めた。

「おっ。いるんだな」

「うん……いる」

「いいね」

「でも二回くらいしかしゃべったことない」

「別のクラス？」

「ううん、クラスは同じ」

「じゃ、向こうも意識してるんじゃないか？」

「してないと思う」

「どうしてそう思う？」

「どうしても」

「どんな子なんだ？」

「ぼくより背が高くて、勉強もできて、元気な子」

「ふむふむ」

「ぼくのことなんてきっと目に入ってないよ」

「じゃあ……その子に注目されるようになればいい」

「どうやって？　ぼくは勉強も運動も苦手だし」

あれあれ、思いがけず、上手い具合に話が進んでるじゃないかと、おれは内心ほくそ笑んでいた。「大丈夫だ。勉強が苦手でも運動がダメでも」

「他にどうすればいいの？」

「知りたいか？」

「うん、知りたい」

おれは、わざと間を置き、ラファを少し焦《じ》らしてから、いくぶん声を高めて言った。

「バンドをやるんだ！」

「……バンド？」

「おう、ロックバンドだ。女の子に注目してもらうにはロックバンドをやるってのが一番なんだよ」

「ほんと?」

「おう。まあ、今はサッカーと同じくらいかもしれないけど、同率で一番だ」

「でも……どうやってバンドをやるの? ぼく、楽器だって弾けない」

「おれとドラムに任せろ」

「シロウさんとドラムさんに?」

「そうだ。おれたちといっしょにバンドをやろう。ラファはキーボードだ。ちゃんと教えてやるから」

「……ほんとに?」

「ああ、ほんとだとも」おれはラファの不安げな目をしっかり見つめて言う。「やるよな?」

ラファもおれの目を見つめ返す。

「やるよな、ラファ?」おれは繰り返す。

「うん」ラファの目が今や希望と昂奮の粒子でキラキラと光っている。「やる!」

ほどなく電車は下北沢に着き、狭い道を縫いながらアラバマへ向かったのだけど……なんと、折よく、というか、奇遇にも、いや、もう、奇遇すぎて恐ろしいくらいだったけど、めったにジャズがかからないジャズバー・アラバマには、その時もマイス・パレードかなんかが流れていたアラバマには、開店してまもない時間だというのに……いや、時間はあまり関係ないな、とにかくびっくり、ドラムの姿があった。見知らぬ若い女性を連れたドラムの姿が。

おやおやなんたる偶然、だの、つーかどうなってんだよ、さっき電話したんだぞ、だの、え？マジで？……あ、ホントだ、だの、やあラファ、コモエスタ？だの、ビエン、グラシアス、だの、ラファここは飲み屋なんだぞ、ビール大さじ一杯くらいにしておけ、だの、ヒロ子さん、これがラファエル、久美ちゃんとこの、だの、ラファ、こちらはヒロ子さん、おれらのマブダチ、だの、あらラファエルくん、はじめまして、お母さんにそっくりだね、だのといった少々入り組んだ挨拶をし終えると、ドラムは連れの女性、二十代後半とおぼしき、わずかに茶色がかった髪を肩のところでカールさせた、しいて言うならローカル局の早朝のニュース番組とかで気象予報士をやっていそうな、だから比較的コンサヴァティヴな雰囲気の女性を、おれとラファに紹介した。

はじめまして、よろしくお願いします。そう言って、ドラムがヤジマと呼び捨てにする矢嶋美苗《みなえ》ちゃんはぺこんと頭を下げる。おれは内心、誰この人？まさかドラムのセフレ？ひょっとして電話口で黄色い声を出してたボインちゃん？とか思いながら、同様に初対面の挨拶を述べる。

「ギタリストなんだよ」とドラムは、あえてさりげなくといった口調で、言い添える。

は?え?ギ、ギタリストなの?と驚きを隠せないおれに、ドラムは、ヤジマがどんなバンドをやっているのか、そして、二人がどんなふうに知り合ったのかを説明した。すなわち——ヤジマがギターとヴォーカルを兼ねているバンドというのが、おれはそのへんの情報に疎いので初耳だったが、ダンディー44といって、インディというかアンダーグラウンドな界隈《かいわい》ではかなり注目されているバンドで、ドラム、というかデカメロンズが所属してるマネージメント会社が出資しているインディ・レーベルからすでに三枚のCDをリリースしているのだとか。昨秋はツアーで全国津々浦々のライヴハウスを三十か所もまわったのだという。

「もしや?」ドラムの話を聞き終えるとおれは問うた。「彼女が?」

「そういうことだ」とドラムは誇らしげに言い、すぐに付け加える。「そうは見えないかもしれないが、ヤジマはかなりの腕利きだぞ。ギターを持つと人が変わる」

「いえいえ、そんな」としおらしく謙遜する、ちっともロックンロール・ギタリストには見えないヤジマ。「お世話になります」

「いやいや、こちらこそ」とおれは恐縮する。なんだか、すげえマジなことになってるじゃないか、こんな本物系のミュージシャンを引き込んでいいのかよ? つーか、そもそもドラムが今や本物すぎるドラマーなんだけども……大丈夫か、ラファ? いや、おれ？　高校以来のベースなんだけど？　などと心の内で思いながら。

「ラファにはもう言ったのか？」とドラム。

「ちょうど今、電車の中でその話をしたところなんだ。なあ、ラファ」

「うん」とうなずくラファ。

「がんばろうぜ、ラファ」とドラム。

「うん、がんばる」とラファは少年らしく屈託なく。

「かわいい」とニューカマーのヤジマが口を挿む。「ラファくん、がんばろうね」

「このバンド、最大の懸念は」とドラムはおれをおちょくって言う。「ベーシストだな。ちゃんと練習しろよ」

「何を言いやがる」じつはかなりビビっていたのだけども。「任せろって」

「久美ちゃんには？」

「まだだ。まずはラファを誘ってからにしようと思って」

きょとんとしているラファにおれは、そして途中からはドラムも加わって、おれとドラムが描いているバンドの方向性を話した。いろんな人が入れ替わりでヴォーカルをつとめるスタイルを取ろうと考えていること、久美ちゃんにも歌ってもらうつもりでいること、基本的にはヴォーカルが歌いたい曲を演奏するのだということ、インストルメンタルの曲も一曲はやるからそれはラファが選ぶこと、キーボードはドラムの「旧友」が教えてくれるから心配は要らないこと、などなど。

「ヴォーカルはヒロ子さんにもオファーしておいたから」とドラムがおれに言い、それからカウンターのヒロ子さんに声をかける。「ヒロ子さん、頼むよ」

「わたしは無理だって～」とヒロ子さんは両手を振って否定のゼスチャーをしながら、しかし、表情のほうはまんざらでもないといったかんじで……まあ、この人は何かを否定したり拒絶したりする時でもたいていこんな表情なんだけども、言う。「なにかお手伝いはさせてもらうけど、ヴォーカルなんて無理」

「いや、大丈夫でしょ」おれもドラムのオファーに加担する。「お店でもよく口ずさんでるじゃん？　けっこういい線いってると思うけど？」

「鼻歌と歌はぜんぜん違うって」

「いやいや、鼻歌がいけてる人はたいてい——」

「わたしなんかより」とヒロ子さんは遮る。「まずは久美ちゃんと話をつけないと」

「ま……それはそうだ」

「ラファ」とドラムが問いかける。「今日はママ、家にいる？」

「ううん……夜は仕事だって言ってた」

「ならば」ドラムは今度はおれに向かって言う。「これから行って直談判するか？」

「これから……お店に？」

「おう。どっちにしろ、ラファを家まで送り届けるんだろ？　その後、俺とシロウで」
というわけで、急遽、おれとドラムは、ラファを葛飾の自宅まで送り届けがてら、久美ちゃんが週に何日か働いているスナックに乗り込むことになったのだった。

道中のことは端折るけれども、ラファを葛飾区青戸六丁目の関口宅に送り届け、玄関先でミゲルやマリサとも少しおしゃべりしてから、おれとドラムは、京成立石駅近くの、麗しき昭和を思い起こさせる、というかじっさい、今年七十歳だというママが昭和五十年代初頭に始めたらしいスナック〈ブギー〉に赴き、ふだんはほとんど口にすることのない国産ウイスキーをボトルで注文して久美ちゃんが作ってくれた濃いめの水割りを飲みつつ、二曲ずつ、具体的には、おれは「ギンギラギンにさりげなく」と「カルアミルク」を、ドラムは「C調言葉に御用心」と「め組のひと」をカラオケで歌い、久美ちゃんにも何か歌ってよと乞うと久美ちゃんは「セシルの週末」を歌ってくれ、それがたいして上手くはないのに味があるというか、人の心のひだを震わせる絶妙な歌声で、おれは不覚にもじーんときちゃって目からは涙がこぼれてしまい、それを見てドラムは「ったく、感傷だけ発達したチンカス野郎め」などといつものごとくおれを腐《くさ》し、しかしそのわりには自分も目がウルウルしているのをおれに気取《けど》られて、そそくさとトイレへ逃げ込み……まあ、そんな細かいことはどうでもいいか……ともかく、一段落ついたところで、おれたちが久美ちゃんに、ラファを加えたバンドを始めようとしていること、そして久美ちゃんにも一曲か二曲歌ってほしいこと、それで、初夏ぐらいにはどこかでライヴをやろうと思っていること、その際の収益金を、どのくらい出るかは不明だけども僅かばかりかもしれないけども、ラファの治療費の足しにしてほしいことなどを伝えると、久美ちゃんは、目に涙を浮かべて深々と頭《こうべ》を垂れ、シロウくんドラムくん、本当にありがとう、と言った。もちろん、わたしで良ければ、歌わせてもらいます。

そうして、さらに二時間ちかく、おれとドラムはスナック〈ブギー〉にて飲んでしゃべって歌って、おまけに久美ちゃんや、ママのみつ子さんや、久美ちゃん宅での一日遅れのクリスマスパーティの時に会っていてその晩は少し遅れて出勤してきたアコちゃんと、チークダンスとアルゼンチンタンゴとオクラホマミキサーをごた混ぜにしたような珍妙なダンスを踊ったりもして、なかなかにワンダフルな夜を過ごし、店の外での別際には久美ちゃんとハグもして、また近々連絡するね、歌う曲は考えておいてね、ミゲルにもよろしく伝えてね、お店にもまた来るよ、なんて言って、帰路についた。

窓の向こうに東京スカイツリーが浮かび上がるタクシーの中で、おれはバンドやラファエルのこととはまったく別のことを藪《やぶ》から棒に思い出し、ドラムに尋ねた。そう言えば、オオタケイズミちゃんとのことはどうなったんだ？

「秋までには結婚する」とドラムは力強く即答する。

「おまえが妄想してるとかじゃなくてか？」

「そうじゃない。イズミとの間ではおおむね話がまとまった」

「そうなのか……それはおめでとう」

「シロウに、おめでとう、なんて言われるとちょっと気持ち悪いけど……サンキュー」

「おめでとう。末永く幸せに」

「やめろって」

はははは——ドラムが真剣に気持ち悪がる様子がおかしくておれは哄笑《こうしょう》する。「ともあれ、いきなり二児の継父になるってことだよな」

「ま、そういうことだ」

「そして、オオタケタケオになるってことか」

「その件についてはこれからだ。来月、オオタケ家に挨拶に行くから」

「なあ、ドラム」おれは打ち明けずにはいられなくなった。「聞いてくれよ」

「なんだ？」

「日高家が家族みんなでオーストラリアに移住するんだってよ」

「……日高家？」

「マチコの家族だよ」

「ああ、マチコちゃんのとこね」とドラムは言い、それからおもむろにおれに顔を向ける。「ん？　ということは？」

「そうだよ。ゴロウもオーストラリアに行くってことだよ。ったく、フクザツな心境だぜ」

「それは……フクザツだな」

「しかもさあ、マチコが言うには、マチコのオヤジさんが、シロウくんもどうだとか言ってるらしくて。ったく、きついジョークだよな……はははは」

「あん？　復縁しろってことか？」

「いや、そういうことじゃないらしいんだけど。それはわたしがイヤだってマチコにも言われたし、おれも正直その気はないし」

おれはマチコの妹の旦那のアレックスのことや、アレックスが故郷のブリスベン近郊でカフェを開業する予定であることなどをドラムに教えた。

「シロウ」ドラムなりに考えていたのだろう、しばらく黙り込んだ後でおもむろに切り出した。「行けよ、おまえもオーストラリアに」

「はあ？」

「だって千載一遇のチャンスじゃないか」

「チャンス？」

「そうだよ。おまえなんかがこのまま日本にいても尻窄《しりすぼ》みの人生を送るだけだ」

「おいおい、なんてことを」おれは少々ムカつきながら言った。「前にも言ったじゃないか。最近は仕事も順調なの。そりゃあドラムさんにはおよびませんけどね、人並みには稼いでるんだって」

「人並み？」

「まあ、人並みかどうかは知らないけど……家賃やカード会社への返済金やゴロウの養育費が払えて、さらに週に何回かは飲みに行けるくらいには稼いでる」

「蓄えはゼロ。年金だって――」

「セコいこと言うなよ。いいじゃねえか、おれはそれでけっこう楽しくやってるんだから」

「先を見通せ」ドラムはおれの話など聞こえなかったかのように続ける。「だいいち、俺たちは沈みかけている大型客船に乗っているようなもんなんだぞ」

「沈みかけている大型客船だと？」

「そうだろう？」

「ちっ。大げさな」

「いや、俺は大げさだとは思わないね」

「つーか、沈むんならおまえだって――」

「ぜんぶは沈まないんだ。俺は沈まない側に客室がある」

「うへっ。めでたい野郎だなー、相変わらず」

「で、おまえは明らかに沈む側の人間だ」

「はいはい」どうしてこんなに血も涙もないことをズケズケ言う男とおれはマブダチなんかになってしまったのだろう。「沈んだら沈んだで、泳ぐもんね。おれはおまえも知ってのとおり魚座の――」

「今のうちに」ドラムはおれの戯《ざ》れ言《ごと》を事も無げに遮る。「船を乗り換えられるものなら乗り換えろ」

「船のたとえはやめろよ。国は船じゃないんだからさ」

「ようするに、俺が力説してるのは、おまえは日高家といっしょにオーストラリアに行くべきだってことだ」

「つーか、おれが近くにいなくなったら、おまえだってさみしいじゃないか？　おれの他に気のおけないマブダチはいないだろう？」

「ぜんぜんさみしくないね。ま、四年に一度くらいは遊びに行ってやる」

「なにが、遊びに行ってやる、だ」

「いいか、シロウ」やたらと真剣な目つきになってドラムはのたまう。「またとないチャンスなんだ。頭を冷やしてじっくり検討してみろ」

「わかったよ。検討してみるよ」

つっけんどんにそう言って、おれはその話を打ち切ったのだけど、それはそうでも言わないと、話を打ち切れないからそう言ったまでであって。おれはただの世間話、というか、会話をちょっぴりおもしろおかしく転がすために、マチコのオヤジさんのきついジョーク、ないしおちょくりを話題に出したのであって、こんなふうにド真面目に捉えるとは、いったいドラムの頭の中ってどうなっているのだ？　ヤバい粉系とかに手を出してるんじゃないだろうな？　どうして、元妻の家族が海外に移住するのにおれがのこのこと付いていくんだよ。ったく、ボケナスめが。おれは日高家の使用人かっての。しかも、べつにオーストラリアになんか住みたくないし。そりゃたまに遊びに行ったら楽しいだろうし、じっさいに遊びに行った時はめっちゃ楽しかったけど、そこで暮らして働くとなると話はまた別なのであって。それに、なんだよ、沈みかけてる大型客船って？　しかも、ぜんぶは沈まない大型客船って？　それで、おれは明らかに沈む側の人間だと？　このまま日本にいても尻窄みの人生を送るだけだと？　ったくもう、人のことを何だと思ってやがるんだ？　ムカつくなあ。ああ、ムカつく、ムカつく。

じっさい、タクシーの中で黙り込んでいるうちに、ムカつきはだんだん我慢し難いほどに膨れ上がってきて、このままだとドラムの脇腹とか二の腕とかにパンチをお見舞いしてしまいそうで、断じて非暴力主義者であるおれは、ちょっと野暮用を思い出した、などとぶっきらぼうに告げて、九段下《くだんした》付近でタクシーを降ろしてもらった。

　そうして、四谷三丁目の部屋を目指して、おれは夜道をてくてくと歩いたのだけども、まあ、一月中旬なわけで、すなわち真冬なわけで、しかも午後十一時半になろうかという時間帯なわけで、当然ながらとても寒く、とても寒いということは体が冷えてくるわけで……つまり、その、さっきドラムが偉そうにぬかしやがった「頭を冷やして」の状態に、図らずもなっていったわけで、もちろんドラムに対してのムカつきはまだ完全には冷えきっていなかったけれども、それはそれとして、歩きながら黙考というか、想像することになったのである。うん、だから、オーストラリアへの移住についてね。もし、マチコのオヤジさんが言ってるのがきついジョークでもおちょくりでもないとしたら？　アレックスがカフェを開店するにあたって本当に右腕を求めているのだとしたら？　就労ビザなどのことはひとまず棚に上げるとして、向こうで暮らして向こうで働くということが本当に可能なのだとしたら？　マチコと復縁するのは無理にしても、ゴロウとはしょっちゅう会って父親としての役目も三分の一くらいは果たせるかもしれない環境で暮らせるのだとしたら？　向こう……さわやかな風が吹き、まばゆい光が降り注ぎ、土地も道路も各種の施設もいちいち広々としていて、人いきれで息が詰まるなんてことはなく、交通渋滞で膀胱が破裂しそうになるなんてこともなく、人々は少々がさつでいいかげんで、中には有色人種を蔑視するファッキンな輩《やから》もいるようだけど、少なくともじめじめこせこせかりかりはしていないし、場の空気を読むために神経をすり減らすなんてこともないし、同調圧力みたいなものも皆無じゃないにしろ希薄だし、例のワルさ……そう、日本ではシャレにならなくなる例のワルさもシャレっぽく楽しめて……一度しか行ったことないので、確かなことは言えないけど、少なくともそんなイメージではあったブリスベン近郊の小さなまちで送る人生の後半戦とはどんなものだろう?

おれは人通りのほとんどない半蔵門《はんぞうもん》駅付近のビルの谷間で足を止め、星々がちかちか瞬く月のない寒空を見上げ、胸の前で十字を切ってから目を瞑ると、天にまします我らの神よ、と祈った。

またまた久しぶりになっちゃいました、いつも見守ってくださってありがとうございます。このあいだは嫌味っぽいことを呟いたりしてすみません。まったく悪気はないんですけどね……時々ああいうこと呟きたくなっちゃうんです、どうかご容赦を。で、その、ご存じのとおりの事態になっておりまして。まあ、バンドのことはおかげさまで順調に進んでいるんですけども、我が人生の根幹を揺るがしかねない出来事がどうやら着々と進行しているみたいで。ぶっちゃけ、おれ、どうするべきなんでしょう? ただ時の流れに身を任せるだけでよいのでしょうか? いや、身を任せるってのは何もしないっていうことじゃなくて、目の前に次々に立ち現れる課題をロールプレイングゲームみたいにせっせとこなしていく、ってことなんですけど……そんなんでよいのでしょうか? たまには、腰を据えて、あらゆるルーティンから少し距離をおいて、もっと大きなことや深遠なことや根本的なことをじっくり考える必要があるんじゃないでしょうか？　たとえば……家族や親子とはいったいなんなんでしょう？　人と人の繫がりとは？　いっそ、愛とは？　いっそ、人生とは？　それから、祖国とは？　しかし、このくらいのスケールのテーマになってくると、かなしいかな、おれの手には負えません。だから、せめて、おれは今後どうすべきなのか、ヒントを与えていただけないでしょうか？　なにとぞよろしくお願いいたします。アレルヤ。

6. 隣の芝生

光陰矢の如し。

まあ、子どもの頃はもちろん、若い頃だってこれほどには早くはなかったけどね。小学生の頃の夏休みなんか、長くて長くてうんざりするほどだったたし。大学時代だって一つの学期がけっこう長く感じたよなあ。さすがに三十を過ぎると、早く感じるようになって、その時はその時でそれなりに焦ってたけど、今になって思えば、まだまだちんたらしたスピードだったように思う。そういえば、当時、うちのおふくろに、時間が過ぎるのが早くて参っちゃうぜ、とかなんとかこぼしたら、おふくろは鼻で笑いながら先輩ヅラして、わたしくらいの歳になったらもっと早くなるよ、などと言ってたのを覚えてる……その時は、ウソだろ~脅すなよ~母親のくせして~、とか思ってたけどね、今はおふくろの言わんとしたことが完璧に理解できる。しかし、こうやって、年齢を追うごとに時間って加速していくわけ？　ていうか、じっさいには加速なんかしてないのに、加速しているように感じていくわけ？　この調子で加速していったら、人生なんてあっけなく終わっちゃいそうなんだけど？　いや、いずれ終わるのは仕方ないんだけどさ、べつに永遠の命が欲しいとも思わないし、というか、人生が永遠に続くとしたらそれはそれでげんなりするだろうし。けれども、こんなふうに加速度的に歳を取っていくのは、やっぱ……怖い。怖すぎ。だってさあ、一年なんてあっという間だよ？　季節なんて簡単に巡るよ？　たとえば、おれは夏を基準に季節の一巡を考えているふしがあるんだけども……うん、だから、年末や正月にももちろん思うけど、それ以上に夏がやって来るとつくづく思うの、うわー、また一巡したぜって。また一年経ったぜ、って。で、夏なんてすぐに来るじゃん？　ついこのあいだ夏が去ったと思っていたのに、気づけば次の夏がすぐそこにやって来てるじゃん？　そんなことない？　ま、みんなにとってどうなのかは知らないけど、とにかくおれの感覚ではそうなんだよ。また夏だぜ、って思う。そう思ってばっか。こんなかんじで、次々に夏が、それぞれにちょっとずつは違うけど、猛烈に暑かったりわりと過ごしやすかったり直撃系の台風が多かったり水不足だったりいろいろだけれども、それでも夏としか呼びようのない季節が繰り返しやって来て、あと十数回の夏を過ごせば、おれも初老……あちゃー。つーか、ノーサンキュー。勘弁してください。ねえ、天にまします我らの神よ、そちらから見てると季節の巡りってどんな感じなんすか？　乾燥機みたいなスピードでぐるぐる回転してるとか？　はははは。いや、はははは、じゃないか。はははは、じゃなくて、僭越《せんえつ》ながら要望を言わせてもらいます。めっちゃシンプルです。つまり……もうちょっと時間が過ぎる、季節が巡る、スピードを緩めてもらうことはできませんか？　早すぎて気持ちがついていかないんですけど。心の中や頭の中は、まだまだ半端者の若人《わこうど》なんですけど。未熟なクソ野郎のまんまなんですけど。ほうれい線もくっきりしてきたし、白髪も増えてきたし、歯なんかもだいぶボロボロになってきたし……つまり、肉体と精神が、別の言い方をすれば、外枠と中身がひどくちぐはぐな野郎になりつつあるんですけど、おれ。いや、すでに相当ヤバいんですけど、おれ。……ていうか、誰しもがそうなのかな？　じつはちぐはぐなんだけど、必死にそうじゃないふりしてるだけなのかな？

もっとも、今おれが話したいのは夏の話じゃないんだけども。冬から春にかけての話なんだけども。というのも、二月と三月は、もの凄いスピードで、ジェットコースターみたいなスピードで、というか、ほんとに世界最速のジェットコースターに乗せられてしまったかのような感覚で、すなわち、季節の移り変わりに気を留める間もなく、陽射しが柔らかくなってきたなあとか、空の色が微妙に違ってきたなあとか、梅が咲いてるわーとか、ジンチョウゲが匂うわーとか、そういう自然界の変化を愛《め》でる余裕はまったくなく、過ぎてしまったのだった。何をしていたかというと、まずは仕事、もちろん仕事。でも、仕事は今に始まったことじゃない、そこそこ忙しかったけど、まあ、許容範囲内の忙しさ。とりたててクレイジーな注文もなかったし。とりたてて苛立たしいクライアントや脳足りんのディレクターにも出会わなかったし。とりたててゴージャスな女性クライアントやエクセレントな女性デザイナーにも出会わなかったけど。人生のスピードがジェットコースター級になったのは仕事関連のせいではなく……そこにバンドの練習が加わったからだ……そう、そうなのだ！　そうなんだよ、諸君！　バンドがついに始動したんだよ、まだバンド名は決めてないけど、例のバンドが。ドラムがドラム、おれがベース、ヤジマがギターと曲によってヴォーカル＆ギター、ラファとラファのトレイナーでもあるイズミちゃんがキーボード、ミラさんと久美ちゃんがヴォーカルという、例のバンドが、二月の頭から始動したのだった。まあ、最初の数回はドラムとヤジマとおれの三人だけでリハーサル・スタジオに入って試験的に音を出しただけだけど。あ、そうそう、付け加えると、一曲か二曲歌ってもらうつもりでいたヒロ子さんは、ヴォーカルではなく、サックスプレイヤーとして参加してくれることになったのだった。おれもドラムも初耳だったけど、ヒロ子さんは学生時代にジャズの愛好会だか同好会だかに所属していて、ビッグバンドで少々サックスを吹いていたんだってさ。

ところで、バンドの練習といっても、いつも全員が集合して行うわけではなく、というのも、年齢にしても下は十一歳（ラファ——二月に誕生日を迎えて十一になったのだ）から上は正確には知らないけど五十代半ば（ミラさん）、職業にしても小学生（ラファ）に、出戻りパートワーカーの母親（イズミちゃん）に、プロのミュージシャン（ドラムとヤジマ）に、下請けコピーライター（おれ）、飲み屋の店主（ミラさんとヒロ子さん）、昼も夜も働く大忙しの母親（久美ちゃん）という、あり得ないくらい見事にバラバラなメンツがそろっているので、全員の都合を合わせるのは難しく……とはいえ、おれとドラムとヤジマはこのバンドの基本の3ピース、というか、三人の誰かがいなくなると音楽が成り立たなくなる支柱なので、必ずいるんだけれども……それで、ある日の午後は秋葉原のスタジオでラファとイズミちゃんと久美ちゃんを加えて、また別の日は夕方に中野のスタジオでミラさんとヒロ子さんを加えて、さらに別の日は夜遅くに笹塚のスタジオでドラムとおれとヤジマの三人だけ……というような具合で、リハを続けている。

で、およそ二十年ぶりのバンドはおおむね楽しいのだけれども、頭痛の種はドラムが、おれに対してはやたらと厳しいということで……まあ、おれのなけなしのプライドを一応は考慮してるのだろう、ヤジマを除くみんなの前ではとくに何も言わないんだけども、リハの後で二人やヤジマを含めて三人で飲みに行った時とか、あるいは翌日にわざわざ電話をかけてきて、ガミガミねちねち、おれのベース演奏について偉そうに説教を垂れるってことで、これがもう、せっかくの楽しさを激減させることこの上ない。ったくもう、もうちょっと気軽にやらせろって。このバンドでテレビに出演して生演奏するとかレディー・ガガを前座に据えてワールドツアーに出かけるとかじゃねえんだからよ。というようなことをおれが訴えても、ドラムは、やる以上は妥協しないだの、しょぼい音楽ってのは腐ったミカン以下だのと言って、態度を改めない。しかし、そういうことを言い出したら、ラファの初心者キーボードとかヒロ子さんのへたくそサックスとかミラさんの胡散《うさん》臭いノリのヴォーカルとかどうすんだよ？　矛盾してんじゃん？　さらにおれがそう言うとドラムは、おまえはそうやっていつも責任逃れするんだよな、いいかげん大人になれよ、などとベース奏法や音楽にはあんまり関係ないことっていうか、おれを非難する時の十八番《おはこ》の言葉を投げつけてきて、しまいには大ゲンカ。いや、マジな話、何度かドラムに言ったもん、もうおまえとはやってられん、やめるわバンド、勝手にしろ、って。二十年くらい前に、本気でグラミー賞その他を目指してドラムとバンドをやってた時もそんなようなことを何度か言った記憶があるけれども。それで、飲み屋でのバトルの時はあばよって捨て台詞《ぜりふ》を吐いて帰路につき、電話でしゃべってる時は電話をガチャンと切って……つーか、スマフォだから、ガチャンとは切れないんだけど、ピッと切ってスマフォをそのへんにぶん投げて、三時間くらい経ってから、おれはふと思い出すわけ。何のためにこのバンドを始めたのかってことを。あ、そうだった、ラファのためだった、ガンを患っていて、ひょっとしたら、そんなことにはならないっておれは信じてるけど、それでもひょっとしたら視力を失うかもしれないラファのためにやってるんだったって。たぶんドラムもそのことを思い出すんだと思うけど、おれが電話すると、さっきは悪かったな、とか向こうから言ってきたりして、おれも悪かったよ、ちゃんと練習するよ、なんておれも言って、元の鞘に収まる。じゃあ、二度とケンカしなきゃいいのに、おれたちときたら、自分で言うのもナンだけど、学習能力の低い大バカ野郎でさあ、また、何回かリハしてるうちに、この最も大事なことを、このバンドの基本理念を失念して、ケンカをおっ始《ぱじ》めてしまうという。まったく何をやってんだかね。まあ、でも、おれのベースもだいぶ上達してきて、バンドとしてもけっこうサマになってきて、演奏曲なんかもほぼ決まってきて……そうこうしてるうちに、桜が咲き始めたのだった。

それで、某有名女性シンガー・ソングライターの全国ツアーにサポートドラマーとして参加するとかでドラムの体が空かなくなって、バンドの練習を小休止してる時に、ずいぶん久しぶりにアレックスからメールがきて、じつはおれもずっと連絡しようと思ってたのにいつのまにかジェットコースターに乗っていたせいでしそびれていたんだけども……あ、アレックスというのはおれの元妻の妹の旦那のオーストラリア人ね……昔、いや、そんなに昔でもないけど、おれとアレックスがつるんで出かけていた頃に、しょっちゅう行ってた、時にはラウンジDJパーティなんかも二人で催していた三軒茶屋のカフェ兼バーが、ビルの建て替えのためにしばらく休業するらしく、その前にパーティがあるからシロウもDJしに行こうよ、と誘ってくれたので、レコードを何枚か持って出かけていった。

それでまあ、食べつつ飲みつつDJしつつ踊りつつ、久しく会ってなかった友人とか、友人とは言えない知人とか、知人とも言えない顔見知りとか、一回だけやっちゃった女の子とか、何回かは知らないけどアレックスがやっちゃった女の子とか……とにかく、長らくご無沙汰だったそういう連中に再会して、わいわいとそれなりに楽しみ、夜が更けてだいぶ疲れてきて、そろそろ帰ろうかな、なんて思い始めたところで、アレックスがおれの肩に腕をまわしてきて、ねえシロウ、クサは持ってない?とか言ってきて、持ってないけど手に入ると思うよ新宿まで行けば、って言ったら、「Let's get there!」って淡い色の瞳をぎらつかせながらこっちの鼓膜が破れそうな大声で言うもんだから、みんなにそそくさと暇を告げて、タクシーに乗り込んで新宿二丁目のミラさんのバーへと向かった。

〈West End Spirit〉は、いつものごとくエキセントリックな男女やどちらとも判断しかねる人々で賑わっていたけど、ミラさんはおれを見つけると、カウンターの端っこに席を作ってくれた。そうして、アレックスとミラさんを引き合わせて、しばらくカンパリオレンジやカシスウーロンなどの軽めのカクテルを飲みながら、バンド関連や国際情勢とかについてひとしきりおしゃべりし、適当な頃合いを見計らってミラさんにさりげなく切り出すと、あたかも御冷やでも頼んだみたいに、あっさりとそれが、モンキーパイプごとそれが出てきて、アレックスとおれはその古い雑居ビルの屋上に設置された非公認VIP喫煙所、というか、シークレット・スモーキング・スペースに上がり、春の夜空を見上げつつ、まあ、雲に覆われていて月も星も見えなかったけれども、交互に嗜んだ。

「アレックス、ブリスベンにはいつ？」いささか唐突ながらおれは尋ねた。日高家のオーストラリア移住について、アレックスとはまだちゃんと話していなかったのだった。なんとなく切り出しにくい感じがおれにはあったし、おそらくはアレックスにもあったに違いない。

「うん……ぼくとヒサ子とサラは七月」アレックスはちょっぴりバツが悪そうに答えた。「お義父《とう》さんたちやマーちゃんたちは八月になるんじゃないかな」

マーちゃんとは元妻のマチコのこと。ゴロウの名前を出さなかったのは、父親であるおれの気持ちをおもんぱかってのことなのかもしれない。

「寂しくなっちゃうなあ」

「シロウも……来ればいいのに？」アレックスは、遠慮がちに、あるいはいくらか躊躇《ためら》いがあるのか、なんとも言い難い陰影を声に潜ませて、言う。

「いやいや、それはヘンだよ」

「ヘンじゃないよ。ていうか、ヘンでもいいじゃん？」

「いやあ、それはやっぱさあ……」

「マーちゃんから聞いてるんだよね？　ぼくがカフェを始めることは」

「ああ、うん、聞いたよ。場所とかはもう決まってるの？」

「叔父が去年亡くなったんだ。その叔父が長らくパブをやってたんだ。そこをリペアして始める」

「なるほど、そういうことなのか」

「予定通りに行けば、十月にはオープンできるはず。もし、シロウがいっしょに働いてくれるんだったら、ぼくはとても嬉しいな」

「……それ、本気で言ってる？」

「うん、本気だよ」アレックスは煙をゆっくりと吐き出しながら言う。「いずれにせよ、いっしょに働いてくれるパートナーを見つけなくちゃいけない。それが今、いちばん心配してることなんだ。信用できる人間を見つけるのって、簡単なことじゃないから」

「まあ、そうだね、たしかに」

「シロウは――」そこでアレックスは黙り、少し考えてからまた口を開いた。「ぼく、日本にぜんぶで十七年も住んだんだ。最初に三年。それから一度オーストラリアに帰って、また来て十四年。そのあいだに出会った男で、シロウはいちばん気の合うやつだよ」

「ほんとかよ？　ずいぶん会ってなかったぞ？」おれはいささかのアイロニーをまぶしながら言った。

「それは……マーちゃんとシロウが別れて……ごめん」

「いやいや、謝ることじゃない。おれだってそうだもん。なんとなく連絡しにくくなってた。やっぱ、ちょっと後ろめたいよな」

「うん、ちょっとね」

　そうしておれたちはどちらからともなくクスクスと笑い出し、そのクスクス笑いはしだいに膨れ上がっていき、途中からは笑い合ってること自体がおかしくなり、まあ、クサをキメた時にはよくあることだけども、しばらく大笑いして、最後は、勝ち越しの犠牲フライを放った四番バッターをベンチで迎えるがごとく、力強くハイタッチした。

「でもさあ」笑いの潮が引いた後で、おれはあくまで仮の話として言ってみた。「おれ、オーストラリアなんかで働ける？」

「……ビザのこと？」

「ビザもそうだけど、そもそも英語できないじゃん」

「できるじゃん、だいたいは。最初の頃は、ぼくたち、英語でしゃべってたよ」

たしかに、出会った頃はアレックスの日本語が拙《つたな》すぎ、おれの英語も拙いけれども、それにしても英語でのほうがなんとかコミュニケーションが取れたので、主に英語で話していたのだった。アレックスの日本語が上達するにつれて日本語の比率が増して、いつしかこんなふうにほとんど日本語で話すようになったのだけど。

「あんなの、英語って言えるかよ？」

「大丈夫。なんとかなるよ。ビザはちょっと時間がかかるかもしれないけど――」

「いや、待った」おれははっと現実に戻って、アレックスの言葉を遮る。「やっぱ、ないわ、それは」

「ない？」

「ない、ない、オーストラリアに移住するなんて。だいいち、別れた妻が移住するのに、どうして元夫がのこのこ付いていくんだ？」

「ゴロウがいる。シロウはゴロウの父親なんだから」

「まあ、そうだけど。そんな話、聞いたことないぜ」

「じゃあ……マーちゃんともう一回結婚するとか？」

「おいおい、アレックス」おれはアレックスを冗談半分で睨みつけた。「Stop kidding.」

「I'm not kidding.」アレックスはおれの視線を受け止めながらも、かまわずに続ける。「マーちゃんのこと嫌いじゃないでしょ？」

「そりゃあ、嫌いじゃないけど」おれは正直に言う、というか、こんなところで嘘をついても仕方がない。「でも、嫌いじゃないと愛してるの間には険しい山脈が連なってるよ」

「ん？　……もう一回言って」

おれは繰り返した。身振りを付けて、ゆっくりと。

「ハハハハ」意味が摑めるとアレックスは笑う。「そうだね、その二つの間にはロッキー山脈が連なってる」

「あるいは、ゴビ砂漠とかね」

それでその話は終わったはずだったのだけど、その後、バーに戻って、一時間ほど飲みながら主に音楽の話をして、帰りしなにアレックスはちゃっかりミラさんからクサを譲渡してもらい、店を出て、じゃあね、また近いうちに、なんて言い合って、ほとんど別れかけてから、再び、アレックスは言うのだった。その日いちばん真面目な表情、かつ、なぜか英語で。一字一句を聞き取れたわけじゃないので、ここにはおれなりに理解した日本語で記しておく――「シロウ、もう一度、考えてみてよ。マーちゃんのことや日高家のことは抜きにして。シンプルに、ブリスベンでぼくといっしょに働くってことを。それから、ブリスベンで暮らすってことを」
「OK」おれは内心、いくら考えても結論は同じだよ、などと思いながらも言った。英語で言ってきたから、おれも一応は英語で。「I'll think again. Anyway, Good to see you tonight. Thanks.」

翌日は、期限が迫っている仕事もすぐに取りかからなくてはいけない仕事もなく、プライヴェートでも用事はなく、午前中から雨が降ったりやんだりしていたせいもあり、久々に部屋で読書などをしつつのんびりと過ごしたのだけど、クラムチャウダーやらアサリのワイン蒸しやらキノコのマリネといった、おれにしてはかなり手の込んだ晩ご飯をこしらえて、ひとり安ワインを飲みながら食べた後で、なんだか急に人恋しくなり、しかし女友達とかを誘ってぺちゃくちゃ世間話をする気にはなれず、こういう時は走って汗を流せば人恋しさの類いはたいてい軽減するのだけど、雨はやむどころかむしろ激しくなっていたのでそれもかなわず、いやまあ、雨が降っていたって走れなくはないけどずぶ濡れになってまで走りたくはなく、なので、ずっと前に近所のリサイクルショップで入手したけど観そびれていたニコール・キッドマンとユアン・マクレガー主演のDVDを観はじめたものの、ちっとも集中できず、いっそ寝てしまえとか思ってパジャマに着替えて布団に入ったのだけど目は冴える一方で、というか、人恋しさはいや増し、それはもうほとんど苦しいくらいで、居ても立ってもいられなくなり、布団から出て、もう一度服を着て、顔を洗って、髭なんかも剃って、傘を持って部屋を出た。部屋を出た時には行き先を決めてなかったんだけども……いや、なんとなくは決めていたな……丸ノ内線で新宿まで出て、小田急線相模大野《さがみおおの》行きの終電に乗りかえ……そう、つまり、アラバマへと向かった。下北沢のアラバマへ。ここ最近は単独で、かつ湿っぽい気分の夜に、バー・アラバマに行くことを避けていたのだけども。だって、ほら……いや、ま、いいっか。たった一度の、酔った上での戯れをいつまでおれは引きずっているのだ？しみったれてるぞ、おれ。野暮ったいぞ、おれ。

　アラバマへの扉を押し開けるや、おれの鼓膜を震わせたのは、センチメンタルな雨の夜にぴったりな、いやもう、ぴったりすぎるホープ・サンドヴァルのメランコリックな歌声で、うわ、やばいよ、これ、いきなり泣きそうになっちゃうじゃないか、とか思いながら、でもいきなり泣くのは阿呆というか、端から見れば意味不明なので奥歯をぐっと噛み締めて、おもむろに店内に足を踏み入れると、そこには誰もおらず、お客だけでなくヒロ子さんもおらず、拍子抜けしてしまったけれども……まあ、扉は開いてるわけだし、明かりも点《つ》いてるわけだし、暖房もきいてるわけだし、そのまま歩を進めて、いつものごとくカウンターの奥から二番目の席についた。……それにしても、とおれは思う。表看板やショップカードには昔と変わらず、つまり、ジャズマニアおよびヒロ子さんの元夫の滝本氏がオーナーだった時から変わらず〈Good Jazz Music〉と明記されているにもかかわらず、ここしばらくはまともなジャズがかかっているのを耳にしたことがないのだけども、大丈夫なんすかね？　お客さんに怒られたりしないんすかね？　三分の一くらいの時間はまともなジャズが流れていた昔だって、時おりクレームをつけられてたのに？　まあ、おれが案じるようなことではないんだけど。

曲がホープ・サンドヴァルのものから、キング・クルールのものへと変わったところで扉が開いて、ヒロ子さんが現れ、あらまあ、いらっしゃい、と、春の雨の夜にはあまり似つかわしくない風呂上がりのコアラみたいな微笑とともに告げた。「お客さんがカラオケを歌いたいって言うものだから、お隣のスナックへご案内したんだけど、ママとのおしゃべりがついつい長引いちゃって」

おれは、不用心だなとは思ったものの、表情を変えずに、うむ、とうなずく。

「……珍しいわね、こんな時間に」

たしかに、早くにやって来てずるずると遅くまでいることはたまにあるけれども、日付が変わってから一人でアラバマに来ることはない、昔は時間に関係なくふらりと来ていたものだけど、最近はない。おれは、どうしてこんな時間にやって来たのか、どんな昼と夜を過ごし、どんな心情でいたのかをべらべらと捲《まく》し立てたくなるのをどうにかこらえ、自分で思うところのニヒルな表情をつくり、というか、鏡を見てるわけではないのでいまいち自信はないのだけど、左の唇の端をわずかにつり上げると、簡潔に注文だけを告げた。「ギムレットを」

一瞬のフリーズの後で、ぷすっと吹き出すヒロ子さん。つーか、ここ、吹き出すところじゃないんですけどね。

ともあれ、おれはヒロ子さんがカクテルシェーカーを振るのを、表向きはいたってさりげなく、心の内では食い入るように、鑑賞させてもらったのだけど……やっぱ、ぐっときちゃうんだよなあ。ヒロ子さんに対しては、言うまでもなくいろいろな感情を抱いているんだけども、スウィート系とビター系とサワー系とホット系がごた混ぜになった、ようするに甚だフクザツな感情を。しかしながら、このカクテルシェーカーを振る時の、真剣な、だからこそ可憐な表情を見ると、フクザツな気持ちはあっけなくシンプルになって、ぐっときちゃう。たまらない。十数年前もそうだったけど、十数年経って年齢的にはすっかり中年に、まあ、はっきり言っておばさんになった今でも、ぐっときちゃう。たまらない。この表情が見たくて、ふだんはほとんど飲まないのにアラバマではギムレットを注文してしまう……ような気がする。

「寂しくなるわ」ヒロ子さんは、おれがギムレットを飲み終え、ペルノーの水割りも飲み終え、白ワインに移行したあたりで、だから、三十分ほどおしゃべり、というか、主にバンドの話をした後で、藪から棒にぼそりと言う。

「……ん？」

「寂しくなるわ」と繰り返すヒロ子さん。

「ん？　つまり？」

「あら、とぼけることないじゃない？」心なしかいけずな表情になってヒロ子さんは言う。「シロウくん、オーストラリアに移住しちゃうんだってね」

いやいや、そうじゃないんですけど。な、なんですか、これは。誰ですか、こんなガセネタを世に垂れ流してるのは……つーか、ドラムしかいない。ったく、あいつはヒロ子さんになんて言ったわけ？「ヒロ子さん、早とちりはいけないなあ」

「早とちり？」

「おれ、オーストラリアになんて移住しないし。移住するのは、元妻の家族。ま、そこには息子も含まれるんだけど」

「そうなの？　わたしがドラムくんから聞いたのは……シロウくんも行くことになったって。マチコちゃんとも復縁することになりそうだって」

「あいつの脳みそって情報処理に向いてないんだよ、気の毒だけど。悪気はないはずだから、許してやって」

おれは情報を訂正すべく説明した。とりわけ、復縁はマチコ本人からきっぱり否定されていることに力をこめて。そこに力をこめていることに、我ながらきまり悪さを覚えつつ。

「ふうん、そうなんだ」なんだか意気消沈しているみたいに言うヒロ子さん。

「そうだよ」おれがオーストラリアに行くと早とちりしては寂しくなると言い、行かないと知ると意気消沈するってどういうことよ？などと思いながらおれ。

「でも……シロウくん」そう言っておれの目を射ぬくように見つめるヒロ子さん。

「……はい？」

「正直に言って。少しは迷ってるでしょ」

「いや……迷ってはいないけど」ゴルフボール大のしこりのようなものを胸の内に感じながらおれはこたえる。「空想くらいはするよ。向こうで生活するってどんな感じかなあとか。ニコール・キッドマンみたいな金髪の熟女と恋に落ちることとか。ははははは」

ヒロ子さんはにこりともしない。「ドラムくんの言ってること、わたし、わからないでもない」

「わからないでもない？　何が？」

「このまま日本にいても尻窄みになってくってこと」

「けっ」少なからずムッとしておれは舌を打つ。「ヒロ子さんも、おれのことをそんなふうに思うわけ？」

「あ、誤解しないで。シロウくんの人生がどうこうじゃなくて。自分の行く末を思って」

「……自分の行く末？」

「うん」ヒロ子さんは神妙にうなずき、自分のグラスに赤ワインを注ぎ足す。それから、遠くを眺めるような目つきになって言う。「わたし、なんだかんだ言いながらこれまでは好きに生きてきたと思う。そして、楽しんできたとも思う。でもね、行く末には不安を感じてる。時々怖くなって眠れなくなる。ドラムくんはきっと冗談半分で、尻窄みって言葉を使ったんでしょう。でも、わたし、ものすごくドキッとした」

おれは舌の上にたまった唾を飲み込んだ。

「それから自分の人生にすり替えて考えてみたの。つまり……もしも、わたしに、オーストラリアに移住する、べつにオーストラリアじゃなくったっていいんだけど、海外のどこかへ移住する親戚とか親友がいてね、いっしょに行かないかって誘われたら、どうするんだろうって」

「……どうするの？」

「もちろん、じっさいにそういう境遇になってみないことにはわからないけど……行くような気がする」

「……そう？」いささか驚きながら、おれ。

「だって、このままここにいても先なんか見えちゃってるもの。毎晩お店を開けて夜通し働いて、それでどうにか暮らしは立つけど、それ以上のことはない。お店を開けるのが苦痛だとか、そういうことを言いたいんじゃないのよ。おかげさまで、それなりに楽しくやらせてもらってるしね。でも、先には何もない。踏み外したらアウト、っていう細い一本道をひたすら歩いてるだけ。体力と気力が続く限りお店を続けて……そのあとはどうするのかしら。あれだけ出て行きたかった地元に帰るのかしら。そして、ひとり寂しく老いていくのかしら」

「……ヒ、ヒロ子さん」話が予期せぬ方向に来てしまって、おれは少なからずうろたえていた。

「こんな話、聞きたくないよね。ごめんね」

「……ていうか、そんなことを言い出せば、おれだって似たようなもんだし」

「ねえ」表情をほぐし、声音も変えてヒロ子さんは言う。「オーストラリアで暮らすのって素敵じゃない？　シロウくん、行ったことあるんだよね？」

「あるけど、遊びで行くのと暮らすのは違うから」

「違わないことだってあるでしょ？　わたしにはすごく素敵に思えちゃう」

「それはさあ……ようするに、隣の芝生は青く見えるってだけの話じゃないかな」

「そうかしら。見えるだけじゃなくって本当に青いってこともあるかもしれないわ。あてが外れたら、また青く見えるところに移ればいいじゃない？」

「ま、そんなふうに生きられたら最高かもね」

「シロウくんならできそうな気がするけど？」

「いやいや、ヒロ子さん。そういうこと真面目な顔で言わないでよ」

ヒロ子さんは自分の言ってることの非現実味に気づいたのか、自嘲するように笑う。

「そうよね。いくらシロウくんだってハタチの男の子じゃないもんね」

「歳の問題にはしたくないけどさ。でも、そういうことだよ」

「……わたしね、ちょっと想像しちゃったの。シロウくんが向こうに行って、いずれ仕事や暮らしが軌道に乗って、いつでも遊びにおいでよ、なんて言ってくれたら、すごくワクワクするのにって」

「そりゃあ、もし、そんなことになったら、いつでも遊びにきてほしいよ。ていうか、もし……もしだよ、カフェがうまくいって」おれは思わず知らず空想していた。「人手が足りなくなったりしたら、ヒロ子さんに声かけちゃうかも、いっしょに働かないかって」

「ほんとに？」

「うん、ほんと……ていうか、もし、の話だけど」

「もし、の話でも嬉しいわ。もし、本当にそうなったらわたしを誘って」

「わかった」俄然切なくなりながら、おれは言った。ファンタジーではあっても、言うしかなかった。「もし、そんなふうになったら、必ず誘うよ」

おれがそう言うと、ヒロ子さんは風呂上がりのコアラの目をきらりと輝かせた。こんな比喩もどうかと思うけど……自分の前途には輝かしい未来が広がっていると確信している少女みたいに。自分が歩けばそこに道ができてゆくのだと信じて疑わない少女みたいに。世界の大きさは自分の可能性の大きさとほとんど同義だと信じ込んでいる少女みたいに。


翌日はからりと晴れ上がっていたけれど、我が心模様は、前夜同様、というか、ヒロ子さんとの深夜のおしゃべりのせいでそこに哀愁なんかも加わっちゃって、かなりぐずついており、仕事を始めたもののどうにもはかどらないので、午後の早い時間に切り上げて、電車に乗って駒沢公園へ行き、トレーニング・ジムで筋トレをした後、散りかけた桜を眺めるともなしに眺めつつ、公園内のランニングコースを黙々と走った。で、たっぷり汗をかいて、熱いシャワーを浴びて、いくらかはすっきりして、ロッカールームでスマフォをチェックしたら、久美ちゃんからテキストメッセージが届いていた。シロウくん、これから空いてない？　空いてたら、お茶でもどう？　ちょっと話があって。

それで、久美ちゃんが掃除の仕事を終えた宵の口、飯田橋のカフェで落ち合ったのだけど。そんなにワクワクするような話じゃないことは、テキストを読んだ時からわかっていたのだけど。

　つまりは、ラファのことなのだった。ラファの手術が七月下旬に決まったのだった。担当の医師によると、成功の確率は八割、しかし成功しても視力を失う可能性が七割ほどあるらしい。

「きっと、わたしのせい」久美ちゃんは声を絞り出すようにして言う。

「何が、久美ちゃんのせい？」

「ラファがこんな病気になったのは、きっとわたしのせい」

「なんで、久美ちゃんのせいなのさ？」

「……」久美ちゃんは目に涙を溜めながら言う。「わたしが若い時にあんな仕事をしてたから。きっとそのせい」

「そんなの関係ないって」

「わたしのせい」

　そう繰り返すと、久美ちゃんの目から大粒の涙がこぼれ、その後は堰《せき》を切ったように人目もはばからずに泣き続け、おれには、そんなことないよ、そんなことないって、そんなことあるわけないじゃん、としか言えず、そんな物言いを繰り返すほかには、久美ちゃんの細い肩に手を置いたり、尻ポケットに何日も入れっぱなしになってた不衛生なハンカチを差し出すことくらいしかできず、あとはただ、久美ちゃんが泣き止むのを待つだけだった。

どうにか泣き止んだ久美ちゃんをおれは晩ご飯に誘ったのだけど、夜はスナックでの仕事があるらしく、急いで帰らなくては、と言うので、飯田橋からいっしょに総武線に乗って都営浅草線／京成押上《おしあげ》線への乗り換えがある浅草橋まで行った。浅草橋のプラットフォームで、もう大丈夫、ほんとに大丈夫、泣いたりしてごめんね、と言い募る久美ちゃんと別れ、おれはまた総武線に乗って四ツ谷まで戻り、新宿通りを歩きながらドラムに電話を入れたのだけど、ライヴの最中なのだろうか、まあ、いつものごとくと言えばそれまでだけど、留守電に切り替わるだけ。手が空きしだい電話くれ、と吹き込んだものの、すぐにかかってくるとは思えず、おれはモヤモヤした気持ちを抱えたまま歩き続け、部屋に戻る気にもなれずそのまま歩き続け、いつしか新宿二丁目まで来ていたので、ミラさんのバーに行ったのだけど、日曜じゃないから定休日ではないはずなのに、まだ時間が早すぎるのか、看板は出ておらず、ドアにも鍵がかかっていたので、今度は靖国通りに出てさらに歩き続け、いつしかゴールデン街にたどり着き、目についた適当なバーに入って、聞いてるだけで脳みそが干涸《ひから》びそうな俗っぽくてくだらない話を小耳に入れながらウイスキーをオンザロックで何杯か飲み、また別のバーに入って、今度は聞いてるだけで脳みそがただれそうな高尚すぎて鼻持ちならない話を小耳に入れながらウイスキーをストレートで何杯か飲み、だいぶ酔ったけれども依然として心のモヤモヤは消えておらず、消えていないどころかさらに肥大化しているようだったので、そのまま歌舞伎町へと流れて、何をしたいのかどこへ行きたいのかもわからずにそぞろ歩いていると、前方に警官たちの姿が見え、なんでか知らないけどおれは唐突に嫌悪感と恐怖を覚え、回れ右して、逆方向に走り出した。すると、後方から、止まりなさい！とかいう怒声が聞こえ、振り返ると警官が三人くらい追いかけてきており、え？おれ？なんで？とか思いながらも走り続けた。逃げているつもりはなく、いや、たとえ逃げているとしても警官からというより、嫌悪感と恐怖からなのだけど、あるいは、このむくつけき社会からなのだけども、とにかくおれは必死に走り続けた。しかし、角を曲がったところで、体重も身長もおれの二倍はありそうな、巨大な図体をした強面《こわもて》の男にぶつかって、尻餅をつき、その男に、気をつけろよコラ、などとどやしつけられ、なんとか立ち上がって、また走り出そうとしたのだけど、そこで追いついた警官たちに羽交い締めにされたのだった。

いやまあ、それだけのことなんだけども。何も悪いことをしていないので、職務質問されて、荷物検査もされて、警官の姿を見て逃げるからこんなことになるんだ、とかみっちり油を絞られて、解放されたのだけども。しかし、羽交い締めにされて荷物検査までされて気分が良いわけはなく。モヤモヤに、むしゃくしゃも加わった最低の気分で、もはやどこなのかわからなくなった場所をとぼとぼと歩き、歩いても歩いてもそこがどこだかはわからず、そうこうしてるうちに、運悪く……いや、自分が悪いんだけど、歩道の縁石に足を引っかけて、派手に転んだ。で、ごろんと仰向けになったついでに、どぶ鼠色の夜空を見上げ、いつものくせもあって、天にましますわれらの神よ、と呟いたものの、その時は、神様だろうがなんだろうがわれらを見下ろす大いなる存在を信じられるような心境ではなく、続きは何も言わずに、おもむろに立ち上がって、ゲロを吐いた。

7. さまよう牛たち

「きっと、わたしのせい」

　久美ちゃんがしゃくり上げながら言ったその言葉が頭にこびりついてなかなか消えてくれない。わたしのせい、というのはつまり、ラファが小児ガンであるところの毛様細胞性星細胞腫を患ったのは母親の自分が若い時にコールガールやＳＭ嬢という、まあ、捉え方はいろいろあるだろうけれども、やはり、一般的にはネガティヴ、というか表社会からは白眼視されがちな職業についていたことがあるからだ、いわば、悪行の報いなのだ、これも因果応報なのだ、と久美ちゃんは心のどこかで思っている、そんな認識を捨てきれない、ということなんだろう。久美ちゃんですら、と言ったほうがいいかもしれない。なぜなら、久美ちゃんは、少なくともおれの知っている久美ちゃんというのは、因果応報的な概念、ないし、それに基づいた道徳観を、こんなふうに言うと信奉しておられる方たちから袋叩きにあうかもしれないけど、科学的には証明しようのない俗信をスカッと突き破って、もっと巨大な運命に身を委ねて、あるいは、もっとディープな倫理に身を寄せて、これまで生きてきた女性であるはずだから。そして、そのような鷹揚《おうよう》な、というか大陸的な、というか、ようするにファンキーでグルーヴィーで颯爽《さつそう》とした久美ちゃんに、青年期のおれは惹かれ、また中年期の今に至るまでリスペクトもしてきたのだ。

つーか、そもそも、コールガール業は悪行、ってのもひどく表層的じゃないか。あれはあれでちゃんと社会の役に立ってるじゃん？　たとえそうじゃなくとも、あの手の職業がきれいさっぱり駆逐されてしまったスクエアな世の中を想像すると、それはそれで恐ろしいんだけど？　いやいや、そうでなくとも、職業に貴賤《きせん》はないんじゃなかったっけ？　などと、おれなんかは思ってしまうのだけど、久美ちゃんには久美ちゃんの拠り所とする特製の秤《はかり》ってものがあり、コールガール業をその秤に載せると針が悪のほうに振れ、だからいまだに、ほとんど前世紀の話だというのにいまだに、罪の意識を捨てきれないでいる、ということなのか。あるいは、ふだんはファンキーだろうがグルーヴィーだろうが、自分の身に本当に悪いことが起こった時には、人って多かれ少なかれそんな思考回路に陥ってしまうものなのか？　意識ではいくら否定しても、知らず知らずのうちに人は、そのような概念／宗教観／道徳観に拘束されているということ？　だって、かくいうおれも「わたしのせい」と泣き続ける久美ちゃんに向かって「そんなことないよ、そんなことあるわけないって」と繰り返し言ったおれも、脳内の苔むした路地裏で「……もしかしたら?」なんて思ってしまっている、つまり、因果応報的な思考回路から完全には自由になれないでいるのだから。

いや、だめだ、そんな思考に拘束されては。苦しくなるだけだ。過去の悪行は巡り巡っていずれ自分の身にふりかかる、なんて。怖い。怖すぎる。まあ、一度も悪さをしたことがない人はべつにかまわないんだろうけど……いやいや、待て。そんな人いるのか? 法を犯す犯さないという意味でならけっこういるのかもしれないけど、モラルに反するとか他人の心を傷つけるとかそういった意味で、一度も悪さをしたことがない人なんているのか? 人はどうしたって悪さをしでかし、また過ちを犯してしまうものではないのか? 悪さや過ちを含有してこそ人生なのであり、避けがたい悪さや過ちとなんとか折り合いをつけていくために文学や音楽や美術や映画、つまり芸術があり、もちろん哲学や宗教もあり、人はそれらに接して感動したり熱狂したり鼓舞されたり浄化されたり、ようするに、だからこそ世界は狂おしくも豊かで、あえて言い換えれば、ルイ・アームストロングが歌ったように、この素晴らしき世界、なのでは? この世のすべての人が品行方正で勤勉で従順だなんて、想像しただけで寒けがしてくるんだけど?

天にましますス我らの神よ。どうも、こんにちは、いつもお世話になって……あ、そういえば、先日は申し訳ありませんでした、呼び出しておいて、スルーしちゃって。お祈りどころじゃなかったんです……いや、お祈りどころ、なんて言い方はマズいっすよね……えっと、うんと……まあ、ようするに、お祈りには不向きなほどに心が荒《すさ》んでいたんです。ほんとは、そんな時こそ、お祈りしなくちゃいけないのに。はい、承知してます、反省もしています。なにとぞご容赦を。で、その、右記のことなんですけれども。過ちを犯したり悪い行いをすると、やっぱ、巡り巡って自分の身にふりかかってくるもんなんですか？　だとしたら、おれなんて、いずれ、とんでもない災厄に見舞われることになっちゃいそうなんですけど？　そんなふうに考えると恐ろしくて、恐ろしすぎるがゆえに破れかぶれになって、悪魔とすら手を組んでしまいたくなるんですけど？　だから、どうかどうかお願いします。もういっそ、死んだあとで地獄の竈《かまど》で焼かれることにしますから、生きているうちにはなんとかハッピーで、最高にハッピーなんて贅沢《ぜいたく》は言わないのでそこそこにハッピーで、少なくともアンハッピーではない、ぐらいな状態で、過ごさせていただけませんか？

しかし、そんなこんなをふだんからウツウツと気に病んでも仕方がなく。実際問題、自力で変えられるのは過去ではなく、今この瞬間から先のことなのだから。すなわち、今自分にできることを、今自分にできる最良のことを精一杯かつ丁寧にやること。そうなのだ、今日は残りの人生の最初の日なのだ！　……なんて、あっさり開き直るのも、あまりにイージーだけれども。

ともあれ、ラファの手術が七月の下旬に決まったのだった。久美ちゃんの話によれば、成功の確率八割、たとえ成功しても視力を失う可能性が七割、という腫瘍の摘出手術が。ということは、それまでに、われらのバンドのライヴをやらなくちゃいけない。ライヴを七月の頭ぐらいにやるとして、あと三か月弱か。大丈夫か、おれたち？

ライヴ会場のブッキングは、ライヴハウスとのコネクションが強いヤジマが奔走してくれて、七月の最初の土曜日に秋葉原にある某ライヴハウスに出演させてもらうことがほぼ決まった……はずなのだけど、ほぼ決まってから、バンドのリーダー……いや、リーダーを決めるような話し合いは一度もしたことないけど実質上そうであると言わざるを得ない、ドラムが難癖をつけるのだった。

「うーん、どうだろうなあ……」三人きりでのリハーサルの後、練習スタジオのロビーにて、ヤジマからの、仮でブッキングしておいたという報告を受け、ドラムが不満そうにつぶやく。

「なにが言いたいのかな、ドラムくんは？」おれは努めて柔和な口調で問いただす。ったくもう、今さらなんなんだよ、後出しじゃんけん野郎め、などと心の中では思いつつ。

「ライヴハウス、というのがなあ」

「ライヴハウスのどこが悪いのかな？」

「まず、心が躍らない」

「あのさ、ドラムくん」とおれはいさめる。「きみの心が躍るとか躍らないとか、そういうことは胸の奥にしまっておけないかな？」

「うむむ」と唸るドラム。苦虫をかみつぶしたよう、という表現は、この時のドラムの表情のためにあるにちがいない。

「なにが、うむむ、だ。原点に戻れよ、このバンドの」

黙り込むドラム。

この黙り込みは、沈思黙考するがゆえではなく、単なる忘却、つまり、若年性痴呆系のなせる業かもしれないので、おれはあえて言葉にする。「このバンドは、ラファの治療費や手術代をいくらかでも捻出するために始めたんだから」

「……まあな」

「それから、バンド活動を通して、ラファに手術に立ち向かうガッツを養ってもらうんだ」

「もう一つ、あったよな？」とドラム。「ラファの好きな同級生の女子にカッコいいところを見せつけるっていう」

「おう。そのとおり。だから、ヤジマが東京の東側のライヴハウスにあたってくれたんじゃないか。同級生たちが来やすいように」

「だけど、ふつうの小学生がライヴハウスみたいな薄汚いところにワクワクしながらやってくるか？」

「薄汚いとはなんだ？　失礼な」

「わりときれいなところですよ」ヤジマが口を挿む。ヤジマは、演奏中は誰よりもロックンローラー然としているのだが……いや、マジで、きみは和製コートニー・ラヴかよってくらいに。しかし、いったんギターを置いて素に戻ると、ローカル局の朝のニュース番組で気圧配置図を背景に語る気象予報士のような雰囲気を漂わせるのであった。

「あ、そう」しかし、ドラムが納得していないのは火を見るより明らかだ。「でも、どうせビルの地下にあって、暗くて、狭くて――」

「もう黙ってろや」おれはイライラが沸点に達して少なからず声を張り上げる。

「黙ってろとは何だ」

「あのなあ、そんなこと言い出したら――」

「あの」とヤジマが、口論寸前のおれたちの間に割って入って言う。「ドラムさんの言ってること、わたし、ちょっとわかるような気がします」

「はあ？　ヤジマまで何を言う？」

「できれば、もっとオープンなところで演奏したいってことですよね？」

「そうそう、そういうこと。ライヴハウスみたいな閉じた空間じゃなくて。せっかく季節だっていい時なんだし。できれば明るいうちにやりたいな」

「フェスとかがあればいいですよね。このバンドにふさわしい小規模のフェスが」

「ないだろ、そんなの」と、案外とリアリストのおれ。

「あるんじゃねえの」と、意外とドリーマーのドラム。

「探してみましょうか?」

「おう、頼むよ」

ちっ、エラそうに、先輩風を吹かせやがって。昔からそうだけど、こいつは結局、どんなものにでも縦社会のノリを持ち込みやがる。とおれは思うが、ヤジマもまんざらでもなさそうなので、何も言えず。


翌週、再び三人きりでのリハの後に、ヤジマが、残念ながらちょうどいいフェスはなかったんですけど、と切り出した。じつは……。

「じつは、うちのバンドに、ライヴのオファーが来てるんです。わたしの大学時代の先輩が動物愛護団体に関わってて、七月に上野公園の野外ステージでチャリティ・イヴェントをやるらしく、そこで演奏してもらえないかって」

しかし、メンバーの一人が出演したくないと言い出して、保留になっているのだという。というのも、その動物愛護団体のウェブサイトを訪れると、当面の活動の趣意はペットの虐待防止や保健所での殺処分廃止、そして動物実験の廃止を訴えることなのだが、最終的には肉食習慣を根絶する旨が記されていて、それには同意できないし、そんな極端なことを主張する団体の活動にも加担したくない、とのことらしい。

「ヤジマもヴェジタリアンってわけじゃないよな？」とドラム。

「ええ、ふつうにお肉も食べますよ。先輩ももちろんそのことは知っていて。肉食うんぬんについてはナーヴァスにならないでほしい、と言われています。肉食を容認するかどうかに関しては団体内にも急進派と穏健派がいるらしく、現在は、虐待や殺処分や動物実験に反対していく、という方向でまとまってるみたいで、そこにさえ賛同してくれれば問題ないと」

「じゃあ、いいと思うけどな」とドラムは言う。「シロウはどう思う？」

「いいと思うよ。おれは昔からフォアグラ反対派だ」

「あ、わたしもです」

「ほんとかよ？　そんな話、初めて聞くけど」

「言う機会がなかっただけだ」

「そうですよね。こういうことって日本ではなかなか言いにくいことですよね」

「他のみんなはどう思うだろ？」とドラム。「久美ちゃんやミラさんやヒロ子さんは？イズミは問題ないが」

「肉食についてナーヴァスになる必要がないなら、オーケーじゃないの」とおれ。

「確認を取る必要はあると思いますけど、動物虐待に賛成なんて人はいないでしょう」とヤジマ。

ふむふむ、とドラム。「あと、ヤジマのバンドにオファーが来てるのに、代わりにこのバンドで出るってのはどうなんだ？」

「そこは交渉しますが、大丈夫だと思いますよ。デカメロンズの上田さんが出てくれる、と言えば、先方はむしろ喜ぶはずです。大物のバンドには声をかけられないから、学生時代のよしみでわたしのところに話が来たんでしょうし」

「よし。それに出よう。上野公園の野外ステージってのは会場としては理想的だ」

「ただ、一つ、問題が」とヤジマは言い足す。「チャリティなので、ギャラが出ないんです」

「そっか。それは問題だな」とドラム。

「たしかに」とおれも言う。「それは問題だ」

「それで、わたし、考えたんですけど」そう言いながら、ヤジマはドラムとおれを交互に見る。「CDを作るってのはどうですか？　それらを会場で売ったり、ドラムさんのところは可能かどうかわかりませんけど、うちのバンドのウェブサイトで売ったりすれば、ライヴハウスに出演してギャラをもらうのと同じくらいのお金は稼げるんじゃないかと思うんですが」

「いいね、ヤジマ。おまえみたいなマネージャーが、デカメロンズにも欲しいよ」

「何言ってるんですかー」とヤジマは、煽《おだ》てからさらりと身をかわすように言う。

「ま、とにかく、その線で行こう」とドラム。「レコーディング費用は俺とシロウで負担する。なあ、シロウ？」

え……マジですか。ここんところ、スタジオ代などの出費が多い上に、あんまり認めたくないし、ドラムに話したらそれ見たことかと嘲笑されるだろうから黙ってるけど、ぶっちゃけ、収入が減ってるんだけど？　相変わらず量はたくさんこなしてるんだけどもギャラ単価の安い仕事ばかりがおれんとこにまわってきてるみたいで。ということに先月、ふいに気づいて。このあいだは元妻に振り込む養育費が足りなくて久々にキャッシングしちゃったし。いや、つーか、そのくらいはおまえが払えよ！　武道館でソールドアウトのライヴをやって昨年末は紅白歌合戦にも出場したファッキン・エリートなロックンローラーのくせに、ケチ臭いんだよ！　などとおれはがぜん激しく思い、心の中のキラウエア活火山が噴火しそうになったけど、ヤジマがいる手前もあり「オーケー。そうしよう」と軽く言い放った。さしあたっては、ドラムに払わせておけばいい。そのうち、ドラムは自分が全額を払ったことなど忘れてしまうだろう。たとえ忘れなくても、バカとハサミは使いようだ。うひひひ。……ん？　これも悪行なのか？　なんてこともさっと脳裏をよぎったけれども。

「バンド名も決めなくちゃいけませんね」とヤジマ。

「そうだな。難しいんだよなあ、バンド名ってのは」とドラム。それから、いたぶるような目つきでおれを見て言う。「ここは、コピーライターの本領を発揮してもらおうじゃないか」

「そうですね」とヤジマはあっさり同調する。「シロウさん、考えてください」

「おう、任せろ」

などと、これまた軽く言い放ってしまったものの、おれにはネーミングのセンスが欠落していることを自分でも重々承知しているのであり。たとえば、四半世紀前にドラムとやっていたバンドに名前をつけたのは、なにを隠そう、このおれなのだけども、なんてったって「ダイアモンド・チワワ」だからなー。四人のメンバーが共通してフェイヴァリットだったデヴィッド・ボウイのアルバム『ダイアモンド・ドッグス』をもじって「ダイアモンド・チワワ」だからなー。芸がない上にセンスもねえよ。ダメでしょ、これじゃ。いや……正直に言うと、当時はそれなりに気に入ってて、おれって知られざる天才、とか思ってひそかに悦に入っていたのだけど、今となっては口にするだけで赤面してしまう……まあ、おかげでこの間は新宿二丁目で若者と意気投合したけど。しかも、今度のバンドは、メンバーの共通点を見いだそうにも、音楽的嗜好は見事にバラけている。音楽的嗜好に限らず、すべてにおいて見事にバラけている。そのバラけた状態を一つに結びつけているのは、ラファだ。というわけで、おれは、数日後のリハあとに、なにかヒントを得られないかと、ラファに尋ねてみた。

「ラファ、バンドの名前を考えてるんだ。何かいいのないかな？」

「バンドの名前？　急に言われても……」

「なるべく、ラファのことをバンド名に入れたいんだ」

「ぼくのことを？」

「そうだ。ラファが参加してるってことがバンド名からわかるようにしたい」

「どうして？」

「ラファがいなかったら、このバンドはそもそも存在してないからさ」

「じゃあ、ぼくのことっていうより、ぼくのふるさとのことを入れてほしい」

「お。それ、いいね。なんて町だったっけ？」

「イグアス」

「パラグアイのイグアスね。じゃあ、昔の住所をそのまんまバンド名にするってのはどうだ？　番地を入れて。イグアス69、みたいな」

「それは……つまらない気がする」

「……そうだな、つまらないかもな。……それじゃあ、ふるさとを思い出す時、懐かしいなあ、と思うのはどんなことだ？」

「……」

「何でもいいんだ。空の色とか食べ物とか……」

「あ。……牛のウンコ」

「ん？　牛のウンコ？」

「うん、イグアスではそのへんを牛が歩いてて、道端とかでウンコしてるのをよく見かけた」

「そのへんを牛が歩いてる？　つまり、放し飼いにされてるってことなのかな？」

「はっきりはわからないけど、そうだと思う」

「牛舎から脱走してきて、って考えたら、ちょっと面白いね」

「動物園から象が脱走したみたいに？」

「そうそう。ちょっと詩的じゃないか」

「してき？」

「ポエジーがあるということだ」

「ポエジー？」

「つまり……いや、あとで辞書を引いてみな」

「わかった。でもね、ほんと、野良犬とか野良猫みたいに、牛が自由にそのへんを歩いてるんだよ」

「で、ラファはそんな風景を懐かしく思うんだな？」

「うん。懐かしい」

「牛はスペイン語でなんていう？」

「えっと……ヴァーカ、かな？」

「ヴァーカ……」

「でも、バンド名は英語がいいな」

「どうしてだ？」

「ロックはやっぱり英語のものじゃない？」

「そんなこともないんじゃないか」

「それに、英語だとみんなが読める」

「なら、日本語のほうがいいかもよ？　日本語を使うのが最近の流行だしな」

「日本語は日本の人しか読めないからちょっとイヤ」

「なるほど。ラファの言ってる、みんな、ってのは、そういう意味なんだな」

「うん。いろんなところで暮らす、みんな」


おれはその晩と翌日の午後を費やして、ネットで検索したり、各種の辞書を引いたり、部屋にあるレコードのタイトルや本のタイトルを参照しつつ、考えた。で……まあ、考えたわりにはひどく単純というか、またしても芸がないのだけど……「Wandering Cattle」ワンダリング・キャトル、というのを思いついた。うろつく牛たち、さまよう牛たち。窮屈な牛舎を抜け出して外の世界をさまよってる牛たち。悲しげだけど、どこか牧歌的でもあり、とぼけたユーモアさえあるような気がして、悪くないんじゃないかと思った。さらに、おれがふだん愛用している『ウィズダム英和辞典』でCattleを引くと、三番目の意味として【(けなして)野郎〔畜生〕ども】と出ていて、もしかしたら、おれたちは……おれたちというのはラファを除く他の大人のメンバーのことだけども、おれにしろヒロ子さんにしろミラさんにしろ久美ちゃんにしろヤジマにしろもちろんドラムにしろ、日本社会が暗に奨励するライフスタイルから意識的にせよ無意識裡《り》にせよ逃れ出てきて、フリーランス、ひいては自由の身になったはいいけど、自由というのは思いのほか過酷で、ようやく手に入れた自由ゆえに悪戦苦闘している野郎ども、右往左往している野郎ども、というふうに捉えられなくもない。そんなようなことを、シヴィアな部分は強調せずに説明しつつ、バンド名を提案するメールをラファに送ると、いいと思う！と返事がきた。ドラムとヤジマにもメールした。ヤジマからは、いいんじゃないでしょうか、と返事がきた。ドラムからは、音の響きがイマイチだけど、ラファがいいならおれはそれでいい、と返事がきた。イマイチだけど、という文面がいささか癪にさわったけど、音の響きがイマイチ、と感じているのはじつはおれも同じで、しかし、ダイアモンド・チワワの時みたいに、最初は気に入ってて後でこっ恥《ぱ》ずかしくなるより、最初はイマイチだけどしだいに馴染んできていつしか他の名前はあり得ないと思えるようになるのが、固有名の理想であるような気がしたので、音の響きはイマイチながら、これでいくことにした。ワンダリング・キャトル。さまよう牛たち。はぐれた野郎ども。

というわけで、ついに名前も決定したわれらのバンドは、七月の第一日曜日に上野恩賜公園の水上音楽堂で催される動物愛護のためのチャリティ・イヴェントへの出演が決まったのだった（ちなみに、久美ちゃん、ミラさん、ヒロ子さん、念のためにイズミちゃんにも、確認を取ったところ、全員肉は食すが動物虐待には大反対、細かいことは気にしない、ということだった）。そうして、おのずとリハーサルにも熱が入るようになり、さらには収益を生み出すためのCD制作も始まった。まあ、レコーディングに関しては、ひとまずドラムとヤジマとおれの三人だけで進めているのだが……ドラムにねちねち叱られながらではあるものの、これが思いのほか楽しく。というのも、おれはこれでもかつてはプロフェッショナルなロック・ミュージシャンを目指していたのであり、プロフェッショナルなエンジニアとともに録音スタジオに入り、現にプロフェッショナルなミュージシャンである、そして客観的に言って腕利きなドラムやアイデアの豊富なヤジマとともに、いろいろと作業してると、若い時の希望が叶ったような感覚に陥り、もちろんそれは錯覚なのだけども、見ている時も夢だとわかっていながら心はずむ夢があるように、錯覚とはわかっていながらそれでもなお高揚するのであった。

もちろん、頭の隅には日高家のオーストラリア移住に関する、あるいは息子とめったに会えなくなる案件がずっとひっかかってはいたのだけど、一方ではギャラが安いから量をこなさざるを得ないコピーライト業もあるわけで、立ち止まってじっくり考えるヒマはなく、バタバタと日々が流れていった。そうして、五月も半ばを過ぎた、爽やかな日の夕方、ヒロ子さんが中野のリハーサル・スタジオに現れなかった。ラインしても応答なし。結局、いつもの三人、それに、ミラさんというメンツで練習を終えたのだけど……どうしたんだろう？　その夜はドラムもヤジマもミラさんも予定があり、というか、ミラさんはお店を開けなくてはいけないわけで、リハ後すぐに解散ということになったので、おれはひとり下北沢へと、バー・アラバマへと向かった。

バンドのリハには現れず、おれのラインに応答もせず、既読にさえならず、しれっとお店を開けている、というのはいくらなんでも考えにくかったし、もしそうだったら何か由々しき問題が発生しているわけで、少々緊張して向かったのだけど、アラバマに着くと案の定、扉は閉まっており、休業等を知らせる貼り紙の類いもなかった。あれ？　電話通常の開店時間はとっくに過ぎているんだけど？　カゼでも引いたんだろうか？　電話番号を知らないわけではなかったけど、いや、住居だってうろ覚えながら知ってるのだけど、ひとまず、閉じたアラバマの扉の前でもう一度ラインを送信した。ヒロ子さん、どうしたのかな？　心配してるよ。簡単でいいから返信ちょうだい。

で、二軒のレコード店に行ってたっぷり時間をつぶしてから、再びアラバマに戻ってきたけど、依然として扉は閉まったまま。電話もしてみたけど、留守電応答。シロウですけど、お手すきに電話ください。近くのスポーツバーに行ってプレミアリーグの前節のハイライトを観るともなしに観ながらさらに一時間ほど時間をつぶし、三たび戻ってきたけど状況は同じ。しようがないので、その日は四谷三丁目に帰って、ラインを頻繁にチェックしつつ、つーか、受信したら音が鳴るのでわざわざチェックする必要はないのだが、それでもついつい手に取っては置いて、というのを繰り返しながら、すなわち集中力を欠きながら読書をし、ベッドに入ってからも気になったけどやがて眠りに落ち、翌日は、提出期限が迫っていた仕事があったので、ひねもすコンピュータに向かった。で、どうにか仕事を終えて、あとは翌朝に最終チェックして先方に送信するだけ、となった宵の口、携帯を手に取ったけどやはり返信は届いていないし、既読にもなっていない。電話してみたけど、やっぱ留守電応答。なんだかイヤな予感までしてきて、イヤな予感というのは、ようするに生死にかかわるやつだけど、いてもたってもいられなくなって、おれは下北沢へ向かった。

あれ？　前日同様アラバマの扉は閉じたまま。貼り紙等もなし。どういうこと？　これまた前日同様、近くのスポーツバーに行って、今度はチャンピオンズリーグのハイライトやＮＢＡの録画中継などを観るともなしに観つつ、二時間ほど時間をつぶして、アラバマに戻った。あれれ？　いったい何事？　ドラムに電話。留守電応答。ヒロ子さんと連絡がつかないんだよ。お店も閉まったままなんだよ。折り返し電話くれ。そのように簡潔に留守電に残し、さあどうしようかなと思いながら、界隈をそぞろ歩いていると、着信があった。ヒロ子さんからだった。


「……ヒロ子です」

「心配してたよ」

「ごめんね」

「……なにかあったの？」

「今、どこ？」

「お店の近く」

「来てくれたのね」

「うん、昨日も来た」

「このあとは？」

「平気だよ」

「じゃあ……上原まで来てくれない？」

「……わかった」

「前にいっしょに行ったバー。わかる？」

「わかると思う。すぐに行くよ」


アナログレコードが壁一面にぎっしり詰まったバーのカウンターでヒロ子さんはウイスキーをオンザロックで飲んでいた。一目見て、ただならぬことがあったんだとわかった。身なりはきちんとしていたしいつもと同程度に化粧もしていたけど、おそらく泣き疲れた後なんだろう、目のまわりが腫れていた。

「昨日はお通夜、今日は告別式だった」ヒロ子さんは、おれが注文したスコッチ＆ソーダに口を付けたところで、ようやく口を開いた。

「そうだったんだ」とおれは言い、親御さんかな？　いや、そうじゃないだろ、とか思いながら、ヒロ子さんの次の言葉を待った。

「……滝本が死んだの」ヒロ子さんは少し間を空けて言った。

「え？　滝本さん？」

ヒロ子さんは小さくうなずく。滝本さん、というのは、ヒロ子さんの元旦那であり、バー・アラバマの元オーナーだ。アラバマだけでなく、広尾と中目黒にも、それぞれオクラホマ、カンザスと、誰だったかは忘れたけど名うてのジャズ・ミュージシャンの出身州にちなんで名付けられたバーを持っている。いや、今はどうか知らないが、かつてはそうだった。

「……それは大変だったね」こういう時になんと言えばいいのかわからなかった。大変だったね、と言うのが精一杯だった。それから、ふいに滝本さんがスポーツカー好きであることを思い出した。「事故とか？」

「ううん」ヒロ子さんは、きっかり二往復、ゆっくりと首を振る。「自分で」

「……」おれは何も言えない。なんと言ったらいいのかわからない。

「マンションから飛び降りた」

「……」おれはもう四年くらい滝本さんに会っていないので、どんなわけでそんなことになったんだか、まるで見当がつかない。だいたい、おれの知っている滝本さんは自死するイメージからはほど遠い。……いや、違うな。大多数の人間は自死しそうになんか見えないものだ。

「二年ほど前から、あまり調子は良くなかった」

「……体が？」

「心のほう」

「そうだったんだ」

「金銭的にも問題を抱えてたし」

「バーがうまくいってなかったとか?」

「ううん、バーはそれなりに。父親の会社を弟が継いだんだけど、倒産させちゃってね。その関係で、滝本もけっこうな額の借金を背負ったの」

「……なるほど」

「でも、まさかこんなことになるなんて」

「……」

「何かわたしにできたことがあったのかもしれない……」

「……」

「何か言ってよ」ヒロ子さんは泣き腫らした目をおれに向けながら、すがるように言う。

「……そう言われても」

「何でもいいの」

「うん……たしかにヒロ子さんにできたことがあったのかもしれない。でも、なにかできたとしても、結果は同じだったかもしれない……つーか、これじゃあ、何も言ってないのと同じだな。ごめん」

「ううん。黙ってられるよりはいいの。なんでもいいの。しゃべってほしいの」

「……身につまされる」

「……え？」

「いや、おれだって、返せない額じゃないにしても借金はあるし……ちょっと気を抜いたら、すぐにウツになりそうだよ」

「そんなふうにぜんぜん見えないけど、シロウくんは」

「ドラムにもそんなようなこと言われたけど、けっこうキツい」

「多いよね、ウツになっちゃう人。わたしのまわりにも何人もいる」

「そう？」

「みんな、若い時は自由奔放に生きてた人たち」

「やっぱ、皺寄《しわよ》せが来るのかな」

「……だとしたら、悲しいね」

「滝本さんはいくつだったの？」

「五十三」

最初の奥さんとの間の子どもたち、と言っても、もう二人とも立派に成人しているらしいが、それにヒロ子さんにあてた遺書があったのだという。ごくシンプルなものであったらしいが。謝罪と感謝と。

滝本さんについてひとしきり話してしまうと、ヒロ子さんは多少なりとも落ち着いたのか、表情をいくぶん和らげて、話題を変える。ところで。

「ところで……シロウくん、オーストラリアのことは考えた？」

「夏の終わりか秋のはじめに一度行ってこようと思ってる」とおれは答えた。まだドラムにさえ言ってなかったことだ。「あとのことはそれから決めるよ。一度行ったら、うだうだ考える必要なんかなくなるかもしれないし。イエスにしろ、ノーにしろ」

「それがいいわ。行動を起こす前に考え込むのってシロウくんらしくない」

「まあ……考えが足りなくてたくさん失敗してきたけど」

「そうでもないじゃない？」

「いやいや、ヒロ子さんが知らないだけで」

「でも、いつまでもフラフラしていてほしいな、シロウくんには」

「……フラフラ？」

「自由奔放をシロウくんらしく言い換えただけ」

「今ですら、皺寄せがきてるっていうのに？」

「そこを突破してほしいの」

おれは思わず吹き出す。「突破って」

「だって、つまらないじゃない？　堅実に生きたほうが結局、得だなんて。好きに生きたらバカを見るなんて」

「ま、そうだな」

「きっとわたしが言いたいのは、いろんな人がいてほしいってことなんだと思う。堅実に生きる人もフラフラしながら生きる人も利口に生きられる人も不器用にしか生きられない人も夢を叶えた人も夢に破れた人も。どんな人生にも等しく価値があってほしい」

「ねえ、ヒロ子さん」おれはちょっとおかしくなりながら言った。「なにげに過激なことを言ってるよ」

「そうね」とヒロ子さんもそのことに気づいたのか、この日はじめての微笑を見せて言った。「過激な意見かもね」

二時間ばかりそのバーで飲んだだろうか、まだ日付が変わる前だったが、ヒロ子さんが、昨夜はほとんど寝てないから眠くなってきた、というので、会計をしてもらってバーを出た。おれは何も言わずに、そしてヒロ子さんも何も言わなかったので、東北沢のマンションまで送っていった。エントランスの前まで来ると、ヒロ子さんはほんのりと羞恥を滲《にじ》ませながら、眠るまでそばにいてくれる?と言うので、おれは、うん、もちろん、と言って、ヒロ子さんの部屋に上がった。何か月か前は、こんなふうに飲んだあとにヒロ子さんの部屋に上がりこみ、もぞもぞと……というか、つまり肌を合わせることになったのだが、この時はそのようなセクシャルな雰囲気はぜんぜんなく、おれのほうにもおそらくヒロ子さんのほうにもそんな気持ちはなく、パジャマに着替えてタオルケットにくるまったヒロ子さんの傍らでおれは服を着たまま横になった。ヒロ子さんが眠り込んだように見えてからもしばらくはそのままの体勢でいたが、いよいよ寝息が深くなってきたので、ベッドから降りて、テーブルの上にあったメモ用紙に、来週はサックスの録音だからね、練習しておいてよ、なにかあったらいつでも気軽に連絡ちょうだい、と書き残して、部屋を出た。

マンションの外に出ると、ヒロ子さんの部屋だと思しき窓に向かって、ぐっすり眠ってね、おやすみ、たぶんまた明日、と囁き、視線を上にずらして夜空を見上げた。ほどけたガーゼのような薄い雲がかかっている。空の明るさから察するにどこかに月が出ていそうだったが、その位置からは見えなかった。五月の夜気が心地よかった。そうしておれは目を瞑り、天にまします我らの神よ、と胸の内で呟いた。いつも見守ってくださってありがとうございます。滝本さんのことについてはぼくは何も言えません。じっくり話したことがあるわけじゃないし、大変にお世話になったとか、そういうんでもないし。ただ、もし、彼がそちらに姿を現したら、素敵なジャズ・バーを、ジャズはあんまりわからないけどぼくたちが集うのにちょうどいい、どこにでもありそうだけど実際には希有《けう》なバーを、この世に残してくれてありがとう、とぼくが言っていたと伝えてください。さて、それはそうと……フラフラし続けることがその人の役目、なんてことがあるのでしょうか？　ぼくだってフラフラしたくてフラフラしてきたんじゃないんです。

いつのまにかこんなふうになっていたんです。でも、今までこうやってなんとかやれてきた、ということはそれなりに認めてくださっているということなんでしょうか？　いや、でも、フラフラだけじゃマズいっすよね、いくらなんでも。野良猫じゃああるまいし。牛舎を脱走した牛じゃああるまいし。曲がりなりにも人間なんだし。やるべきことをやらなければ。そのやるべきことがなんなのか、やっていることはたくさんあるにせよ本当にやるべきことはなんなのか、いまだにはっきりわからないんですが、わかったと思ってもまたすぐにわからなくなるんですが、とにかくやらなければ。だから、どうか、やるべきことがなんなのかをしかと悟る知恵と、しかと悟った時にそれをやり遂げるガッツを、お授けください。アレルヤ。

8. できそこないの世界

あたふたするのは今に始まったことじゃないけどね。我が来し方を振り返れば、なんだかいつもあたふたしてた気もするけどね。それにしてもさあ。よりによってこんな時にさあ。

よりによってこんな時、とはどんな時かというと、われらのバンド、ワンダリング・キャトルのライヴ、最初にして最後になるかもしれないライヴの、前夜から当日にかけてのことなんだけども。

いつものごとく長くなっちゃうだろうけど、順を追って話そう。

まずは前日、つまり、土曜の午後は、ドラム、ヤジマ、おれ、ラファ、イズミちゃん、久美ちゃん、ヒロ子さん、ミラさんというメンバーが全員揃って（ちなみに一同が揃うのは五回目）、秋葉原のスタジオで通しリハーサルをやったんだけど、これがもう、すこぶるナイスな出来映えで。最初の頃、二月や三月のリハーサルを思えば、この短期間でよくもここまで成長したよなあ、と我ながら感動するのを禁じえないほどに。まあ、バンドを音楽的に牽引するのは二人のプロフェッショナルなミュージシャンなので、最終的には、それなりの、つまり、人前で演奏しても恥ずかしくない、こまごまと見苦しい言い訳はしないで済むレヴェルには到達するだろう、とはぼんやり思ってたし、大いに期待もしてたけど、一方で、ふと身辺に冷めた目を向ければ、他のメンバーはまともにバンドをやったことのない……まあ、イズミちゃんは二十五歳くらいまでけっこうな音楽エリートだったけどそれはクラシック畑でのことでロックバンドは初めてだし、おれとミラさんは若い時にバンドをやってたけど、おれは約二十年のブランク、しかもその時は歌ってるだけだったのでベースとなると高校生以来だし、結局ヴォーカルだけじゃなく何曲かではギターも弾くことになったミラさんは三十年強のブランクがあるわけで。それに、この話はまだしてなかったはずだけど、ワンダリング・キャトルはただのコピー・バンドじゃないから。曲によっては、イントロを聴いても何の曲だかわからないくらいに斬新かつヒップなアレンジメントを施してあるんだから。さらには、オリジナル曲だってあるんだから。ヤジマが書いたのが、本人いわく、元々は自分のバンドで演奏するために書いた、でもスタジオではなぜかしっくりいかなくてボツになった、しかしソングライターとしては思い入れがあっていつか日の目を見させようと目論んでいた、という曲が一曲。それから、なんとなんと、ぶったまげたことに、ドラムが、いずれ自分のソロアルバムなんかをリリースできるようになった時、だから、そう、たとえばリンゴ・スターみたいになった時のために、ひそかに書きためていたらしい曲のひとつに……その話を聞かされた時はドラムの殊勝さと厚かましさとおめでたさその他に、涙と哄笑と脂汗その他が同時に漏出しそうになったけど、まあ、それはともかく……おれが、下請けコピーライターのコピペ技量と元B級パンク詩人の矜持《きようじ》とを惜しげもなく注いで歌詞をつけ、われらのバンドの歌姫・久美ちゃんに歌ってもらうことになった曲が一曲。というように、なかなかどうして、当初の構想を軽く凌駕《りようが》した本格的なロック・バンドになったのだけど、なによりも感慨深いのはラファの成長だ。ちゃんとキーボードを練習し始めたのが二月の頭だから、ほんの五か月間だもんね。もちろん、この目覚ましい成長にはイズミちゃんのぱっと見優しく、じつのところ厳しい指導が大きく寄与してるんだけども。それにしても、よくやったぞ、ラファ。こんなにがんばったんだから手術だってきっと上手くいくさ。これから遭遇していくだろうどんな困難だってきっと乗り越えていけるさ。まあ、すこぶるナイスな出来映えといってもこの日はあくまでも通しリハーサルなので、そのような労《ねぎら》いや励ましの言葉は本番が終わってから言おうと思って、あえて口にはしなかったけど。

それで、じゃあ明日ね〜、寝坊しないようにね〜、忘れ物もないようにね〜、夜更かしは禁物だぞ〜、とかなんとか言い合って解散したんだけど、久美ちゃんとラファが、衣装っていうと大げさだけどステージで着る服を買いに行くって言うんで、「あ、おれもおれも～」とか言って便乗させてもらって有楽町にあるセレクトショップへ行って、おれはストライプのサマージャケットとそのセレクトショップの別注生産らしいスタンスミスを買って、久美ちゃんもシックなオリーヴグリーンのノースリーブ・ワンピースとウェッジサンダルを買って、ラファもカーキのショートパンツとギンガムチェックのボタンダウンシャツなんかを買ってもらって、三人で軽くお茶して、ラファと久美ちゃんは二人でフルーツパフェなんかも食べて、じゃあ今度こそ明日ね～、と言い合って宵の口には別れて、おれはひとり四谷三丁目の部屋に戻った。

またしても予定外のお金を使っちゃったし、飲みに行って良からぬハプニングに遭遇して片腕を失ってベースが弾けなくなるとか、そうでなくともつい飲み過ぎちゃって最悪の二日酔いになって本番でのパフォーマンスをちっとも楽しめない、というような事態になっては悔やんでも悔やみきれないので、今日は部屋でおとなしくしていよう、晩ご飯は自炊、アルコールは缶ビールの500㎖を二本まで、と決心して最寄りのスーパーマーケットへ買い物に行った。で、ショッピングカートを押しながら食材を物色したんだけど、パセリは売り切れてるわ、トマトはいやに値が張るわ、アサリは妙に小ぶりだわで、だんだん自炊する気が失せてきて、おのずと決心も萎《しお》れてきて、そんな折に、あ、そうだ、買ったばかりのスタンスミスをもう少し汚さなきゃな、真新しすぎてダサいじゃん、みたいな考えも都合良く浮上してきて、しまいには、カモン、ハプニング！という気分に切り替わったので、ウコンのエキスドリンクだけ買ってスーパーマーケットの軒先で飲み干し、ここしばらく行きそびれていた新宿御苑の長ったらしい名前のダイニング・バーへ向かった。

そうして、スコットランド産のＩＰＡや長野県産のラガーを飲みながらソーセージの盛り合わせとかタコのカルパッチョサラダとかを食べたんだけど、飲み食いしてるうちに俄然心がザワザワしてきて……ま、ようするに翌日のライヴを思ってのことなんだけど。その心のザワザワを誰かに伝えたくて、誰かと言っても、空席を一つ挟んだカウンターで、泡ものを飲みながら語り合っている、推定年齢男四十三女三十九の、どことなくダブル不倫なムードを醸すアダルトなカップルにおめおめと割り込んで、ちょっと聞いてくださいよ〜、おれ明日ライヴなんすよ〜、ＣＤも作っちゃいました〜、などと捲し立てるわけにはいかないので、キールを注文したついでに、店主の湯島くんにざっくり話してみた。ポピュラー音楽全般に造詣の深い湯島くんは、プリンスとブリーダーズとスティーリー・ダンとＲＣサクセションとザ・スミスのインストナンバーとビューティフル・サウスとエイミー・ワインハウスとユーミンの曲を同じバンドの同じライヴでやるなんて前代未聞ですよ、などと言い、どうやら感心はしてくれたようだけど、おれとしてはカヴァー曲のチョイスが前代未聞とかは比較的どうでもよく、つまり、湯島くんに我が胸の内で吹き零《こぼ》れそうになってるザワザワが伝わったとは言い難く、つーか、冷静に考えれば、いや、冷静になんて考えなくても、初にしてラストかも?なライヴ前夜のザワザワなんてバンドの苦楽をともにしていなければピンと来ないだろうし、しかもワンダリング・キャトルというバンドにはなかなかに特殊な経緯とそれなりに複雑な事情があり、いっそ言い換えれば、われらの人生、なんていうと大まか過ぎるのでもう少し分解すれば、われらの愛とか友情とか信条とか希望とか失意とか苦悩とかがたっぷりと溶け込んでおり、それがあってこそのザワザワなのであり、何度もおしゃべりしてるとはいえ、店主ないしバーテンダーと客の立場を踏み越えてディープに語り合ったことのない湯島くんに、そんな濃厚な、ザワザワと言ってしまったけれども本当はザワザワなんて言葉じゃ括れないはずのザワザワが、やすやすと伝わるわけがない。しかしながら、伝わらなかったがゆえに、理解してもらえなかったがゆえに、誰かに伝えたい理解してもらいたい、ひいては誰かと共有したいという気持ちはいや増し、それは徐々に肺を圧迫し、もうほとんど苦しいほどで。

となると、あそこへ行くしかないではないか。あそこ、すなわち、バー・アラバマへ。いやまあ、ミラさんのお店〈West End Spirit〉へ行くこともちょっと考えたんだけど。そっちのほうが断然近い、というか、歩いて数分だし。でも、ほら、ミラさんのお店は、性的にも法的にもアナーキーな雰囲気だから。センチメンタリズムやリリシズムの対極にあるような。とりわけ土曜の夜だし。ということは、ミラさんも大忙しだろうし。そんなわけで、おれは、新宿まで歩き、小田急線に乗って下北沢へ向かった。ほんの数時間前にはいっしょにスタジオに入っていた、当初のサックスだけでなく、パーカッションやコーラスも担当して大活躍することになったヒロ子さんに会いに。ヒロ子さんと濃厚なザワザワをいくらかでも共有するために。

その晩のアラバマは、さいわいにも、いや、お店にとっては、つまり、ヒロ子さんのビジネスにとっては、さいわいではないのだろうけど、おれの気分としてはさいわいにも空《す》いており、まあ、若い男女の三人組がいたけど奥のテーブル席に座って話し込んでいたので、ヒロ子さんをほぼ独占できた。で、緊張してきたよねーとか、お客さんいっぱい来てくれるのかなーとか、ラファくん勉強のほうは遅れちゃったかもしれないねーとか、久美ちゃんって若い時にその気になってたらプロのシンガーになれたかもねーとか、いやいや今からだってとか、駄弁《だべ》りつつ、くだんのザワザワを共有し、それをほどよく鎮めもして、充実の時間を過ごしたのだけど、お店は翌日に備えて早めに閉めるそうだし、おれもそろそろ帰って風呂に入って寝るか、などと思い始めた頃合いに、アラバマの扉がガバッと、なんだか不吉な、と言いたくなるような勢いで開き、アラバマの常連客随一の芸能人が登場した。ん？　あ、なるほど、ドラムも明日のライヴやバンドの経緯を思って心がザワザワしてたってわけか、プロフェッショナルのくせに、武道館とかでもライヴやってるくせに、昨年は紅白歌合戦にまで出たくせに、かわいいやつだ。というようなことを、おれは瞬間的に思ったものの、ドラムの眉間にはマイルドながら皺が寄っていて、息なんかもじゃっかん切らしていて、ザワザワしているにしても別の原因と別のベクトルでザワザワしているように見えた。ヒロ子さんもなにげに不穏な気配に気づいたのだろう、いつもみたいに、あらまあいらっしゃい、とは言わずに、あらまあどうしたの?と尋ねた。

ドラムはヒロ子さんに対して、なんだか意味ありげにうなずき、すぐには席につかずにおれを見下ろして言う。「やっぱここか」

電報で〜す、とか告げるくらいのユーモアのセンスが欲しいんだけどね、おれとしては。「なんだかさあ、心がザワザワしちゃってさあ。ドラムくんもそういうことなんでしょ?」

「電話に出ろや」おれの言うことは完全にスルーして、ドラムはつっけんどんに言う。

「え?」おれはトートバッグの中からｉＰｈｏｎｅを取り出す。ふむむ。たしかに上田健夫氏から着信が三回。テキストメッセージも一通。「悪い悪い。気づかなかった。いつのまにかマナーモードになってたわ……で、用件はどんな感じ?」

と訊いてるにもかかわらず、ドラムはなにも答えずに席に着く。おれの左隣にドスンと、けったいな音まで立てて。なんなんすか、この男は。自分はがんがんボールを投げてくるくせに、おれの投げたボールは風のごとくスルー。まあ、今に始まったことじゃないけど。

ドラムは、バスを、とヒロ子さんに注文し、つーか、アラバマではバス・ペールエールしか飲まないことは周知の事実だから、ヒロ子さんはすでに冷蔵庫に手を伸ばしていたのだけど、それはともかく、誰にともなく「まずいな」とつぶやく。

「まずい？　なにが？」とおれ。

「……ミラさんとこの元スタッフが捕まった」とようやく答えるドラム。

「捕まった？」

「職質にひっかかって。クサがばれた」

「あらあら」とヒロ子さんは栓を抜いたバスの瓶をドラムの前に置きながら言う。

「それはお気の毒に」とおれ。

「ミラさんもまずい」ドラムはバスを一気に半分近くまで飲んでから答える。

「そうなの？」とおれは言う。「あくまでも元スタッフなんだろ？」

「先々週まで働いてた」

「じゃあ、元スタッフとは言えないかも」とヒロ子さん。

「おまけに、持ってたクサもミラさんから入手したやつってことか」

「おそらくな」

「でも、その人が黙っていればわからないでしょ？」とヒロ子さん。

「黙っていれば、ね」

「……」おれもヒロ子さんも黙るしかない。

「ミラさん、今夜はもう店を閉めた。そろそろ着くと思う」

「え？ ここに？」とヒロ子さん。

「うん、ここに」

「ミラさんとアラバマってなんか妙な組み合わせだなあ」とおれは所感を述べる。「ディエゴ・マラドーナがお蕎麦屋さんで日本酒――」

「シロウと連絡がつかないから、とりあえずここに呼んだ」と、またしてもおれをスルーするドラム。つーか、せめて最後まで言わせろや。「いずれ警察の手が及ぶにしても、明日のライヴが終わるまでは自由の身でいなきゃって本人が言ってる」

「ふむむ」とうなずきながら続きを促す。

「一晩泊めてくれって頼まれた。でも、俺のとこもちょっとまずい」

「なんで？」

「なんでって、ミラさんと俺は簡単に繋がるじゃないか」

「そうかあ？」十年以上も前に廃業したインディペンデント・レーベルのオーナーと、

そこの一所属バンドのドラマーが？「そんなに近くもないだろ」

「だいいち、俺は……ほら？」

「なんだよ？」

「ぶっちゃけ、セレブだろ」

「……自分で言うとなんか変だぞ？」とおれ。

くくく、と声を殺して笑うヒロ子さん。

おれも結局、吹き出してしまう。

「おいおい、笑ってる場合かよ」ドラムは仏頂面でおれとヒロ子さんを交互に見る。

「だって……」とおれ。

「なんかおかしいよね」とヒロ子さん。

「なんかおかしいよ」とおれ。

「俺が捕まれば、半端ない大ごとになるんだ」あくまでもシリアスなドラム。

「まあ、そうだけどさ」

「それに……」

「それに何だ？」

「今夜はイズミが泊まりにきてて」

「ちっ」おれは脱力する。「問題はそっちだろが」

「まあ、とにかく」ドラムは悪びれることもなく続ける。「今夜はシロウの部屋に泊めてやってくれ」

「おれんとこはソファしかないけど？」

「ソファでじゅうぶんだろ」

「まあ、いいけどさ……」

「シロウくんの部屋で大丈夫？」とヒロ子さんが言う。「ウチならお客さん用の布団もあるけど――」

「いやいや」おれは慌てて遮る。なんてことをこの人は？――子どもじみたジェラシーに着火するのを意識しつつ。「おれのところで大丈夫だよ」

「じゃあ、そうしてくれ」とドラムは言い、少しは後ろめたさもあったのだろうか、おれにぺこっと頭を下げる。

ドラムに珍しく頭を下げられたせいもあってか、おれはふいに思いついて、少々声音を変えて切り出す。「そう言えば、おれもドラムにちょっと頼みがあって。こういう時に切り出すのもナンだけど」

「俺に頼み？」ドラムは表情を一変させて、すなわち、いけずな視線をおれに向ける。

「……金か？」

「さすが！　頭のキレる男は違うなあ」

「つーか、おまえの顔に書いてある」

「いやいや、洞察力の問題でしょう」そう言うと、おれもまたぺこっと頭を下げる。

「お願いできませんか?」

「おまえ、仕事が忙しい忙しいって、ここんところずっと言ってるじゃねえか」

「それは事実なんだけど、ギャラ単価が安いんだよ」

「節操なく引き受けてるからそんなことになるんだ」

「はい……おっしゃるとおりです」くっそー。悔しいが合っている。「まあでも、生活費はなんとかなってるんだけど」

「養育費か?」

「いや、そっちもなんとかなってるんだけど」

「じゃあ、なにに使う?」

「えっと」おれはそれとなく居住まいを正す。「来月、オーストラリアに行ってこようと思ってまして」

「お」ドラムの表情が微妙に変わる。いけずさが和らいだというか。「移住を決心したんだな?」

「いや、必ずしもそういうわけじゃないんだけど。ひとまず、住環境とか学校とかを見てくる。こう見えても、おれはゴロウの父親だから」

うむ、とうなずくドラム。

「しかし、ちょっと金がさ。頼むよ、ドラム」

「……いくら？」

「三千万」

あっけにとられるドラム。クスクス笑うヒロ子さん。

「いや、三十万。分割で返すから」

「わかった。借用書も書け」

「もちろんですとも」

などと、マネー案件が無事着地したところで、アラバマの扉が開き、女装したままの、具体的にはメッシュの入った茶髪のウィッグ、ゴージャスなフリルの付いた深紅のブラウス、デニムのバギーパンツ、それにウインドチャイムみたいな金ぴかイヤリング、という、ユーゴスラヴィア社会主義連邦共和国時代からベオグラードの場末で商売を続ける最古参の娼婦みたいな、つーか、ベオグラードには行ったことないので勝手なイメージだけども、とにかくそんな出で立ちの、ミラさんが登場した。ミラさんはこのようなピンチを何度も乗り越えてきたからなのか、あるいは筋金入りかつ前科持ちのユーザーとして腹をくくっているからなのか、ドラムみたいな深刻な様子は微塵もなく、それどころかピンチを楽しんでいる様子なんかも窺《うかが》え、しだいに話題は、クサ関連からバンド関連へとスライドしていき、すなわち、明日は天気もいいみたいだし楽しみね、だの、ラファの手術が終わったらまたライヴやろうよ、だの、手術は絶対に成功するって、だの、次はあたしも曲を書く、だのとミラさんは言い出し、つまるところ、今度はミラさんや、そしてドラムとも、くだんのザワザワを共有することになったのだけど、そんな感じで小一時間ばかりアラバマでおしゃべりし、二十三時半になろうかという頃、他のお客が帰っていったので、ヒロ子さんはお店の看板を下げ、みんなで片付けを手伝い、おやすみー、明日ねー、とその日二回目の、おれだけは三回目の、解散をして、それぞれ帰路についた。

で、ミラさんはおれの部屋にやって来たのだけど、この異性装者はこの期に及んでもちゃっかりクサを携帯しており、今日はもう寝ましょうよ、明日は十一時集合だし、とおれがいさめるのを、つまんないこと言わないの吉永くん、ライヴの成功を祈願してさくっと軽く、とかなんとか言って一蹴し、さっそく慣れた手つきでペーパーを巻き始めた。となると、いやいやぼくは寝ますよ、などとかたくなに拒むのも野暮ったい気がするし、というか、何につけかたくなに拒めるような性格には生まれついていないので、ほんとにさくっと軽くっすよ、と念を押して、キッチンから灰皿を持ってきた。で、翌日会場で売ることになっているわれらのCDを聴きながら、いい音で録《と》れてるよね、だの、あたしのヴォーカルは録り直したいわ、だの、やっぱいいっすねぇこれ、だの、そうでしょこれがなきゃ始まらないわよ、だのと言い合いながら嗜んでいたのだけど、午前一時半を過ぎてまもなく、ピンポーン、と呼び鈴がけたたましく鳴り、おれとミラさんはびくっとして顔を見合わせた。ん?何?こんな時間に?とか思いながら二人して絶句してると、再びピンポーンと呼び鈴。そのうえ、今度は玄関ドアをどかどか叩く音まですするじゃないか。え? もしかして?

やばいかも。と、ミラさんが声を殺して言ったのを合図に、二人して大急ぎでクサやクサの関係物をベランダに持ち出し、部屋に立ちこめている煙もそのへんにあった雑誌やシャツで扇ぎ出し、念のためミラさんもベランダに追い出して（ミラさんは、落ち着きなさい、たとえ警察でも絶対に部屋に入れちゃダメよ、とおれをさとし）、カーテンを閉め、どっと吹き出した冷や汗を首筋や脇の下に感じつつ、天にまします我らの神よこのピンチを切り抜けさせてください、なんてこともぶつぶつつぶやきつつ、玄関に出て行って、おそるおそるドアスコープをのぞいた。

だぶだぶの白いTシャツに黒っぽいジャージ系短パンをはいた、坊主頭に黒縁眼鏡の男が顔をこれ見よがしに歪めて突っ立っていた。ひとまず、安堵。だって、私服警官は、いくら私服とはいえ、だぶだぶのTシャツとジャージ系短パン姿で勤務しない……はず。でも、誰よ? この坊主頭の黒縁眼鏡、誰よ?

おれはそろりとドアを開ける。推定年齢二十九歳の坊主頭は無言のまま黒縁眼鏡の中からおれをねめつける。

「どなた？」とおれは別種のビビりに襲われながら。

「隣だけど」そこはかとない凄みを利かせて坊主頭が言う。「うるせーんだよ」

「あ～」そういえば、つい最近、前の隣人が越していって新しい人が越してきたんだった。というか、隣人が入れ替わった事実は知っていたけど、新しい隣人は挨拶には来ていないし、廊下等でもまだ見かけていなかったので、風貌等は知らなかった。つーか、女の人だと勝手に思ってた、たぶん前の隣人が女の人だったという、そして隣の隣には今も女の人が住んでいるというまことに非論理的な理由から。そっか、この、坊主頭の黒縁眼鏡が新しい隣人なのか。どうもはじめまして。などと心の中でつぶやくおれ。

「あ～、じゃねえんだよ！」凄みを倍増させて坊主頭が言う。「うるせーんだよ！」

おれは慌てて頭を下げる。「失礼しました。静かにします」

「次は警察呼ぶからな」

「気をつけます。すみませんでした」

もう一度頭を下げると坊主頭はきびすを返したので、おれはドアを閉め、一応、ドアスコープをのぞいて隣人が隣室に入っていく姿も見届け、まあ、おれんとこは角部屋で廊下がそういう構造になっているのでね、それからドアに背をもたせかけて、深く長く安堵の息を吐いた。

最悪の事態は免れ、というか、このタイミングで警察がやってくることに比べたら、坊主頭に黒縁眼鏡のわりには、って単なるイメージだけども、人相悪めの、少なくとも良さげとは言えない、隣人に怒鳴られるくらい、蚊に刺されたようなもんだけど、しかし「次は警察呼ぶからな」という一言が思いのほか臓器に染みていたので、以後はステレオの音量をほとんど聴こえないくらいまで、だったら消せよってくらいまで絞り、ミラさんともほとんど囁き声で話し、そうこうしているうちに眠気が押し寄せてきて、それぞれの寝床に、おれは、寝室と言えば聞こえはいいけどリビングの付録みたいな三畳間のベッドに体を横たえ、ミラさんはその三畳間と襖《ふすま》を隔てたリビングのソファに体を押し込み、眠りについたのだった。


そして、翌朝。つまり、ライヴ当日の朝。

ミラさんのいびきが水牛か白犀《しろさい》か野豚並みに凄まじく、そのうえギシギシと歯ぎしりまでしやがるので、いや、そのギシギシがミラさんの歯ぎしりだと気づくまではこの世とあの世を結ぶ闇ルートの突貫工事が始まったのかと思ったほどだけど、ようするに、おれはなかなか熟睡できず、細切れの睡眠を継ぎ足していたのだけど、すでに空も白んだ午前五時、このままではライヴ・パフォーマンスにも影響しかねないと思い、灰皿の中からクサのしけもくを拾いだしてそれをふた吸いほどし、冷蔵庫の中で腐りかけてた廉価の赤ワインもグラスで一気飲みし、ティッシュを丸めて耳穴につっこみ、まあ、最後のはともかくクサのふた吸いと赤ワインのグラス一杯がどれくらい功を奏したのかは知らないけど、やっとこさ安眠状態に入った。

その、やっとこさの安眠を切り裂いたのは、午前八時半にセットした目覚まし時計のアラーム音ではなく、その一時間ほど前に枕元で鳴った電話の着信音で、それは久美ちゃんからの電話で、ラファが高熱を出して激しい嘔吐にも苛まれて救急車で病院に運ばれたというものだった。

よく考えれば、いや、よく考えなくても、おれが駆けつけたところで何もできないのだけど、それを電話越しに聞いた時は矢も楯もたまらず、大急ぎで支度を、もう部屋には戻って来られないかもしれないので、まっすぐライヴ会場に行くつもりの支度をして、つまり昨日買ったサマージャケットを羽織り、フェンダー・ジャズ・ベースも携え、着替えのTシャツやボクサーブリーフなんかもバックパックに詰め込み、それから、揺すっても抓《つね》ってもくすぐっても起きない爆睡中のミラさん宛に簡単なメモ書きを残し、アラームを容易に止められないように目覚まし時計をソファの裏に隠し置いて、部屋を出た。

総武線で新小岩まで行き、そこからタクシーに乗って、というのは、そのルートが最も早く着ける気がしたからなのだけど、久美ちゃん宅のわりと近所にある大学病院にたどり着くと、ラファは多床室の窓際のベッドで点滴を受けながら眠っていた。久美ちゃんとマリサはベッド脇に並んで座っていた。さっきまではミゲルもいたらしいが、昨夜はコンビニで深夜番をしていたので、一眠りしにいったん帰宅したとのことだった。

「だいぶ落ち着いたの」と久美ちゃん。

「そう、それはよかった」

「脳のこととは関係なかったみたい」

「あそう?」

「食あたりだろうってお医者さんは」

「食あたり?」

「うん。ゆうべは家族みんなで同じものを食べたのに」

「……夕方に食べたパフェとか?」

「わたしも食べたし」

「そうだよね。まあ、でも、よかったよ、その程度で」

「余計な心配かけちゃったね、電話でわたし、取り乱してたから」

「いや、とにかく、よかった」

「でも、今日は……」久美ちゃんは言い淀む。「無理だと思う」

「残念だけど……」おれも言い淀む。「仕方ないね」

「……ごめんなさい」

「謝ることじゃないって」

「わたしはなんとか……」久美ちゃんはおれの表情をそれとなく窺いながら言う。「歌うべきよね？」

「うん、久美ちゃんは歌ってよ。いまさらキャンセルするわけにはいかないし」おれはすでにドラムとは連絡を取り合ったことを伝えた。「ラファのパートは、イズミちゃんが代わりに――」

「ぼく、出る」そこで、いつのまにか目を覚ましていたらしいラファが口を挿んだ。

「おう、ラファ」

久美ちゃんやマリサもラファの名を呼ぶ。

「大丈夫だよ」ラファは点滴中とは思えないしっかりした口調と眼差しでおれや久美ちゃんに宣言する。「出るよ、ぼく」

「無理しちゃダメだ」おれは言う。「今、ラファにとっていちばん大切なのは、元気になることだ。元気になって手術に備えることだ」

「そうだよ、ラファ」と久美ちゃんも言う。「シロウさんの言うとおりだよ」

「いやだ。絶対に出る」

「ライヴなんて、手術が終われば、またやれるじゃないか」

「そんなことわからない。それにクラスの友だちだって来るんだ」

「大丈夫だって。約束するよ、またライヴやるから」

「いやだ」ラファは上体を起こさんばかりになって繰り返す。「絶対に出る」

おれはラファのかたくなさと純真さとに気圧されて久美ちゃんを見る。おれの視線に気づいたのか、久美ちゃんもおれを見る。それからまたラファに視線を戻して言う。

「じゃあ、お昼まで様子を見ましょ。それから決めましょ。それでいいね？」久美ちゃんがそう言うと、ラファはようやくうなずく。久美ちゃんはおれに向かっても言う。

「それでいいかしら？　いずれにせよ、サウンドチェックの時間には間に合わないけど」

「わかった。でも、無理はしないで」おれは久美ちゃんに言い、同様のことをラファにも告げる。「無理しちゃダメだぞ。無理しても誰も喜ばないからな。オーケー？」

「オーケー」そう言ってラファは再び目を閉じた。


そんなわけで、午前十一時半から会場である上野恩賜公園の水上音楽堂で始まったサウンドチェック、じつは多数のアーティストが出演するこの手のイヴェントでは通常サウンドチェックはやらないのだが、われらのバンドの事情を考慮してもらって、というか、デカメロンズの上田健夫が率いてるってことで暗黙の特別扱いを受けているんだろう、そういう何？　いま流行の言葉でいうなら忖度《そんたく》？　ようするに、弱きを助け強きを挫くの逆ヴァージョンで、本質的にはまったくファッキンな話だけど、まあ、今回はありがたく利用させていただき、サウンドチェックも例外的にやらせてもらうことになっていたのだけど、その場にはラファも久美ちゃんも現れず、残りのメンバーで行い、その後は上野公園をぶらぶらしたり楽屋でケータリングされたお弁当を食べたりしながら、出番を待つことになった。

本当ならば良くも悪くも緊張が高まっていく時間なのにそれぞれに気落ちしていてテンションのちっとも上がらないメンバーを、ミラさんが、またやればいいだけの話じゃない？　今日で世界が終わるわけじゃあるまいし、などと鼓舞したのだけど、おれは、八月のオーストラリア行きやその後の不確定なあれこれが頭に浮かんできてしまって、そうっすよね～、などと軽々しく同調したものの明らかに口先だけだったし、デカメロンズの夏フェス出演やレコーディングやツアーその他で再来週から年内いっぱいまでスケジュールがほぼ埋まっているらしいドラムは、普段はあまりそんなことしないのにスマフォをいじりながら、ん～、とか、あ～、とか、ほ～、とか、ほとんど日本語にはなってない呻《うめ》きを繰り返すだけだし、すでにダンディー44のニュー・アルバムのレコーディングが始まっているというヤジマも、いつまでも遊びのバンドに、純粋な遊びではないけど、プロフェッショナルからすればやはり遊びの一種に違いないバンドに、関わっていられないという気持ちがあるからなのか、そうですね、とか言いながらもいやによそよそしいし、ヒロ子さんはヒロ子さんでいろいろと思うところがあるのだろう、心ここにあらず、ミラさんの提案にはほとんど反応せずに黙り込んでいた（……一方、イズミちゃんはと言えば、このままだとラファが弾くはずだったパートの中でどうしても欠かせないところを代わりに弾かねばならず、そのために楽屋の隅っこで自分で書き起こした譜面を捲りながら指なんかも動かしつつイメトレみたいなことをやっていた）。

いやいや、というよりも、おれはひとまず考えないようにしてるし、みんなも滅多に口に出さないけど、ラファが三週間後に受ける手術というのは、膝の遊離軟骨を除去するとか炎症を起こした虫垂を除去するとかいったものではなく、脳の腫瘍を摘出するという生死に関わる重大な手術なのであり、具体的には成功の可能性八割、成功しても視力を失う可能性が七割という、リスキーな大手術なのであり、ようするに、たとえみんながこのバンドをこのメンバーで続けたいと心から願っても、かなわなくなる可能性だってあるわけで、つまりは、この日が唯一の機会かもしれず、そのことが全員の心に重くのしかかっていて、みんなそれぞれに、陽気に振る舞うミラさんだってじつは、グルーミーになっていたのだろう。

ともあれ、見事に晴れ上がった七月の空の下、動物愛護団体主催のチャリティ・イヴエントは予定通り午後一時から始まり、最初のバンドの演奏中に客席のほうにまわってみると、イヴェントは午後八時半まで続くというのにすでにほとんど満席という盛況ぶりだった。しかし、いっこうに久美ちゃんからは電話もメッセージもなく、案外となんとかなるんじゃないか、つまり、昨日買ってもらったショートパンツとギンガムチェックのボタンダウンシャツを身につけたラファがいつものシャイな笑いを顔に浮かべてしれっと登場するんじゃないか、と希望を繋いでいたおれもさすがに観念し、どうにか保っていたテンションはずるずると地滑りを起こし、そのうえ、もしや久美ちゃんすら現れないのでは、というひんやりとした不安が忽然《こつぜん》と隆起し始めて、何事もなければ緊張のあまり逃げ出したくなっていたかもしれないのだけど、まったく別の意味で逃げ出したくなってしまった。しかし、きっとラファの同級生だって来てるに違いないし、このような窮地でこそ人の真価が問われるのだ、などとも無理やり考え、奥歯を嚙み締めてその場に踏みとどまっていた一時半すぎ、すなわち、ワンダリング・キャトルの出番まで四十五分を切ったところで、尻ポケットに入れていたiPhoneがぶるるっと震えた。

「今、家族みんなで大急ぎで向かっています。ラファも張り切っています」

久美ちゃんからのテキストメッセージにはそのように書かれていて、わーおっ！とおれは心の中で絶叫し、実際には控えめにシャウトし、体を弓なりにしてガッツポーズを決め、それから空を仰いで、天にましますわれらの神にお礼を述べた。あざっす！　神様。好きです、神様！　サイコーっす、神様！

　それで、楽屋に駆け戻って、みんなの前で久美ちゃんからのメッセージをそのまま音読すると、一瞬の沈黙の後、どっと沸いた。やったぜ、とか、よかったあ、とか、あたしは信じてたよ、とかみんな口々に言い合い、表情は打って変わって明るくなり、俄然テンションも高くなり、もともと空元気でテンションの高かったミラさんも偽りなきハッタリなき真正のテンションの高さになり、さっきミラさんが買ってきたけど開栓せずにおいてあったシャンパンを開栓して、まあ、もうだいぶぬるくなってたけど、プラカップに少しずつ注いで乾杯し、それから、各自、身だしなみを整えたり、スポーツじゃないから変な話だけど屈伸したりアキレス腱を伸ばしたり肩や手首をまわしたり、トイレに行ったりし始めた。

　そうして、本番二十数分前、ラファと久美ちゃんが楽屋に姿を現すと、なんだかもう、南極大陸を犬ぞりで横断した母子が無事帰還したみたいな雰囲気になって、誰もがほとんど涙を流さんばかりに、ていうか、おれは現に涙が溢れてしまってたけど、それぞれにハイタッチとかグータッチとかハグとか握手とかし合って、最後は円陣まで組み、気合い入れてこ！――ヤアー！みたいな掛け声でしめて……いや、正直に言うと、よっしゃ円陣組もうぜ、などとドラムが言い出した時は、おいおいサッカーの延長戦じゃないんだからよ、こいつの運動部ノリにはついていけんわ、とか思ってまごついたんだけど、ヤジマとかイズミちゃんとか普段はそういうノリじゃない人もノリノリになっていたので、しぶしぶ追従した。けれども、いざ、ヤアー！って声を出してみると、めっちゃ気持ちがよく、じゅうぶん高かったテンションは極めつけに高くなり、しかも、みんなのことがもっと好きになったっていうか、一体感で胸が熱くなったっていうか、具体的には、またしても涙が溢れてきて、ヒロ子さんと久美ちゃんにそれがバレてクスクス笑われ……とにかく、そんなかんじで、本番のステージへ向かったのだった。

それで、本番のことだけど、実況中継するみたいに逐一は語れないので、いや、語ろうと思えば語れるかもしれないけど、あくまでもそこで鳴ってるのは音楽なので言葉を連ねて語ってもなんだかいまいち伝わらない気がするので、割愛させていただくけど、一つだけ割愛したくないのは、最後の曲の前にヤジマがざっとメンバー紹介をした、その後のことだ。……あ、いや、その前に言っておくと、バンドの持ち時間は四十分で、そこにカヴァー八曲オリジナル二曲、合計十曲を詰め込んだんだけど、どうして四十分で十曲も演奏したかというと、あえて言うならこのバンドおよびこのライヴの共同プロデューサーということになるドラムとヤジマとおれが、ライヴでのMC、つまりトークがあまり好きじゃなく、そんな時間があるんだったら一曲でも多く演奏するべきだという発想がベースにあったこと、それから、これもドラムとヤジマとおれの好みというか美意識が一致したんだけど、というのはたぶん、なんだかんだ言っても、そんなふうにはぜんぜん見えなくとも、三人とも広義のパンクで音楽に目覚めたくちだからなのだろう、五分とか六分とかの長い曲は苦手で、せいぜい三分半くらいの、アウトロを引っぱらない潔い曲が好きだからで、ドラムの場合はふだんデカメロンズのライヴで間奏やアウトロを引っぱりまくる十二分とかの曲もがんがんやらされているから、それに対する反動なんかもあったと思われるが、とにかく、原曲が長めの曲も大胆にリアレンジしてせいぜい四分三十秒ほどにまとめたし、あとは二分台と三分台の曲をずらっと並べ、その上、曲間もできるだけ空けずに、演奏したのだった。それで、最後の曲に入る前だけは少し長めに間を取って、手短にメンバー紹介をし、では最後の曲です、とかヤジマが言って、すぐにイントロに入る段取りだったんだけど、メンバー紹介を終えたヤジマがいきなり「じゃあ、ラファエルから一言」とラファァに振ったのだ。あとで聞いたところによると、三日前にやった最初の通しリハの後で、ヤジマがラファァに何かしゃべるよう、こっそり持ちかけたらしいんだけど。

まあ、とにかく、予定外の進行に驚きつつ、おれはラファァに目を向けた。ドラムも驚いたのだろう、立ち位置の関係で表情は見えなかったがラファァに顔を向けていた。

「あの」

とラファはいささか照れ臭そうに、けれども凜とした口調で話し始めた。

「このバンドはぼくのために、シロウさんとドラムさんが作ってくれたバンドです。なぜ、ぼくのために作ってくれたかというと、ぼくの脳には腫瘍ができていて、それを取るために今月の末に手術するからです。みんな、大丈夫だって言ってくれるけど、どうなるかはわかりません」

そこでラファはひと呼吸置いた。会場は静まり返っていた……と言いたいところだし、小説とかならそういうふうに描写したほうが美しいんだろうけど、じっさいはふつうにざわついていた。ようするに、ラファの話に耳を傾けてる人もいればぜんぜん聞かずに連れとおしゃべりしてた人もいたっていう……まあ、そんなもんでしょ。ラファは続けた。

「バンドをやりながらたくさんのことを学びました。ぜんぶは言えないし、ぼくの胸にしまっておきたいこともあります。でも、二つだけ言います。まず、ちゃんとがんばり続けているとできそうになかったこともできるようになるってことを学びました。もう一つは、ロックという音楽についてです。たとえ深刻に思えることでも、ちょっと距離を置いてみるとじつはそんなに深刻じゃないってことがたくさんあって……そして、深刻じゃない、どうってことないと思い込むことで、それを乗り越える力が湧いてくる……ロックってそういうことを教えてくれる音楽なんだって学びました」

そこでラファは、おれを見た。間違ってるかな?みたいな表情で。おれはただ笑った。ラファがそう思うなら、それで正解なんだよ。おれがどう思うかなんて気にするな。そんな気持ちを託して笑ったのだけど、それがラファに伝わったかどうかはわからない。でも、なんとなくは伝わったんだろう、ラファは再び正面に向き直って続けた。

「では、最後の曲になります。シロウさんとドラムさんが作った曲です。ちょっとかなしいし、さみしいかんじもあるし、ぼくにはまだ意味のわからないところもあります。でも、なんか力強くて、とても優しくて、今いちばん好きな曲です。今日は来てくれてありがとうございました」

そうして、ドラムがカウントを刻んでヤジマの超絶ギターリフが炸裂し、「できそこないの世界で」と名付けたラストナンバーが始まったのだった。歌詞だけを抜き出すのは好きじゃないんだけども、紙面では音楽は鳴らしようがないので、ここに記しておくことにする。まあ、じつは、もう少し上手く書けたかも、とその時も思ってたし、今でも思っているし、こんなふうにラファが言ってくれるんだったら、もっともっと気合い入れて書いたのに、とか、また演奏する機会があるんだったらその時は少し手を入れよう、とか、メロディが先にできちゃってるから歌詞には限界があるんだよなあ、とか、後出しじゃんけんみたいな狡いことも思ってしまうのだけど。でも、しょせんロックンロールの歌詞だしね。あんまり神経質になるのも野暮だよな。

「できそこないの世界で」

行く末がそれほどは
　明るくないんだって
さすがのぼくらも
　うすうす感づいている
だけど週末がやって来て
　友だちが集まれば
なんやかんやで
　大騒ぎバカ騒ぎ

アイデアが途絶えた行き止まりの夜でも
決まって誰かがジョークを飛ばす
そしてネガとポジは反転するのさ

あげつらえばキリがない
このできそこないの世界で
ぼくは恋に落ちたんだ
この壊れかけた世界で

きっかけをさがすきみ
　バッサリ髪を切って
「イメージと違うの」
　涙目で苦笑い
信条にありつけない
　凡庸なぼくたちは
ロマンスとリアルを
　ただ紡ぎ続ける

エンジンが止まったついてない夜でも
決まって誰かがメロディを口ずさむ
そしてネガとポジは反転するのさ

文句ならいくらでも
このできそこないの世界に
ぼくは恋に落ちたんだ
この腐りかけた世界に

不満ならいくらでも
このできそこないの世界に
ぼくは愛に生きている
この水漏れした世界で

これは時間にして約三分四十五秒、シンプルな8ビート、BPMはだいたい120、Aメロのコード進行がG→C→G→D→Em→Cという曲なんだけど……そうだな、ロックに詳しい人はキュアーの「Friday I'm in Love」あたりにマシュー・スウィートの「Sick of Myself」あたりが混じった感じを思い浮かべてもらえるとおおよその雰囲気はわかってもらえると思うけど、それはともかく、この最後の曲を演奏しながらおれの頭の中にはいろんなことが、歌詞の内容とは直接には関係のない、いろんな出来事が次々と去来していた。いろんな出来事——つまり、去年の晩秋にドラムと久しぶりに飲みに行ってそれがきっかけになって三年ぶりくらいにヒロ子さんに再会して二人で冬の海へドライヴに行って久美ちゃんが心配なんだって話をしたらパラグアイへ会いに行ってくるべきだって言われておれも一度は決心したことや、なのにパラグアイで暮らしているはずの久美ちゃんに南青山の小洒落たビルの男子トイレの中でウンコまみれのミラクルな再会を果たしたことや、それから元キース三浦氏である現ミラさんにも再会してクリスマスの翌日には久美ちゃんの家に遊びに行ってラファとも出会ってなんか妙にうまが合ってバンドをやることになってイズミちゃんとも再会してヤジマとも出会ったことや……それから、過去に遡って、心に茨を生やしながら爆弾とかも抱えながらドラムと超マジにバンドをやってたことや、ドラムと二人でタイ旅行に行って一人旅中の久美ちゃんをナンパして飲んで食べてめちゃくちゃ盛り上がってバンコクのどしゃ降りの雨に打たれてもケタケタ笑い合ってたことや、短い間だけどドラムと久美ちゃんと久美ちゃんの飼ってたデミニャンという黒猫と三人と一匹で暮らしたことや、毎晩のようにバー・アラバマに行ってヒロ子さんにいろんな悩みを打ち明けてるうちにヒロ子さんに恋をしてしまったことや、仕事にあぶれてお金に困って当時キース三浦氏だったミラさんから安く譲り受けたアレをナニするというデンジャラスな商売に手を出したことや、久美ちゃんが忽然と姿を消した夜に渋谷の雑踏を半べそになりながら歩き回ったことや……それから、先のこと、来月オーストラリアへ行くのはあくまでも元妻とその家族とともにブリスベンに移住する息子の生活環境を見てくるためだけどもういっそおれも向こうで暮らしてもいいかも息子と会えなくなるのはやっぱキツいしなんてこともこっそり考え始めちゃってることや、いやしかし、ほんとにそんなことになったらたしかに息子には頻繁に会えるし父親としての役目も曲がりなりにも果たせるだろうけどおれの大好きな友人たち、しょっちゅう腹が立つしたびたびケンカにもなるし気が合ってるとは言い難いけどやっぱりマブダチと言わざるを得ないドラムや、過去にプロポーズしてあっさりフラれて再会して酔った勢いでやっちゃったけど今はマブダチだと心から思えるし向こうもそう思ってくれてる気がするヒロ子さんや、出会った二十世紀末から二十一世紀の現在に至るまでおれに人生の深さや豊かさや悲しみや喜びを言葉じゃなくて身をもって教えてくれるやっぱマブダチと言いたい久美ちゃんには滅多に会えなくなるのかってことや……いやもう、ぜんぶなんてとうてい言い表せない、現在や過去や未来のいろいろなことが縦横無尽に錯綜《さくそう》しながらおれの頭の中を飛び交っていたのだった。それはべつに楽しいことや嬉しいことばかりじゃなく、苦しいこともやるせないことも悔しくてしかたないこともう忘れてしまいたいことも飛び交っていたのだけど、それでもなお、おれの心は、生きることの喜びに満ち溢れていて、つまり、すこぶるハッピーってことで、だからもう、感謝せずにはいられなくて、ベースを演奏しながらなので、胸で十字を切ったりとかはできなかったものの、七月の午後の眩しい空を仰いで、眩しすぎて速攻で目を細めちゃったけど、神に語りかけた。天にまします我らの神よ、いつも見守ってくださって、サンキューヴェリーマッチ。おれをこのできそこないの世界に生かしてくださって、サンキューヴェリーマッチ。今、強く思っているのは、おれが感じているこのハッピーが、少しでも多くの人に伝染すればいいのにってことです。この場にいる人だけじゃなく、この場にはいない人にも、まだ出会ってない人にも、もしかしたら一生出会わないかもしれない人にも、伝染すればいいのにってことです。だって、ハッピーなら、ハッピーを心から感じているなら、人って争ったりしないはずだから。誰かを貶《おとし》めたり排斥したりこてんぱんにやっつけたりしないはずだから。ですよね？　そんなに単純なものじゃない？　ナイーヴすぎ？　まあ、そうなのかもしれないけど、冷淡さとか残酷さとか無慈悲さとかはだいぶ和らぎますよね？　それで、おれ、このハッピーを伝染させるためなら、おれ自身はちょっと苦しんでもいいかな、なんて思っちゃってるんです、今。なぜなら、ハッピーを人に伝染させるのがこの世に生かされているおれの責務だもんね、いつだったかヒロ子さんに言われたように幸運な星の下に生まれたらしいおれの責務だもんね、なんて思っちゃってるんです、今。もしかしたら、ヴェリーナイスな音楽に包まれてるからそんなことをおめでたくも思っちゃうのかな？　そうかもね。あとで気が変わるかもね。変わるかもしれないけど、少なくとも今この瞬間はそんなふうに心の底から思っています。マジで。だからまあ、何が言いたいかと言うと、どんな困難がこの先待ち受けようと、いかなる試練にさらされようと、どうか責務を果たす力をお授けください、ってことです。そして、責務を果たし終えるまではこのできそこないの世界で生きながらえさせてください。月並みですが、精一杯がんばりますから。どうかひとつ。アレルヤ。

大人しか判ってくれない

Only Adults Can Understand

なああ、南《みなみ》のオヤジって、いったい何者なんだよ?

あ、それ、あたしも気になってた。南くんのパパって、何してる人?

今日の昼休みに、吉竹《よしたけ》と田口《たぐち》が訊いてきた。

ぼくが学校でもバイト先でも避けてる話題というのが少なくとも三つはあって、これ、つまり、父親の職業に関する話題が、その一。その二とその三は、進路に関するものとテレビの話題。もっとも、テレビの話題は避けているってよりは、単についていけないって言ったほうがいいかもしれないし、ついていけない話題なら他にもたくさんある。

べつに、ふつうだけど、と答えた。

ふつうってなんだよ?と吉竹。

サラリーマンってこと?と田口。

うん、まあ、そんなかんじ。ぼくはなんとかはぐらかそうとしたけど、吉竹に対しては前にも一度はぐらかしたことがあったし、田口とはこういうことを話したことはなかったはずだけど、はぐらかし方がまずかったのか、いずれにせよ二人とも「ポケットの中にまだなんか入ってるよな?」みたいな目で見つめるので、これ以上は言わないぞと心に誓ってから言い足した。えっと、不動産関係の。

吉竹の目が十円玉に冬の光が反射するみたいに鈍く輝く。こいつは相手のちょっとしたごまかしとか弱みとかを見逃さない。空気にカビが生えそうなほどにたっぷり間を取ってから言う。不動産関係のリーマンのオヤジがこんなの聴くわけ？

今はあんまり聴いてないよ。

コレクターってやつ？　コレクターってようするにオタクなんだろ？

いや……そういうのとはちがうと思うけど。

きっと素敵な人なんだって、と田口。話の焦点がいくぶん外れて助かったけど、それにしても彼女が「素敵」とかいう言葉を使うと、見てはいけないものを見てしまった時のような気持ちになるのはぼくだけじゃないと思う。今度遊びに行っちゃお。いいよね？

そのうちね、と答えたけど、それはこの話を打ち切るためであって、ほんとに遊びに来させるつもりはない。そのような事態はなにがなんでも阻止しなくては。

父さんの今の仕事が不動産関係っていうのはうそじゃない。ただし、大手デベロッパー（↑最近知った言葉）のプランニング・ディレクターとか凄腕の営業マンとかそういうんじゃなくて、分譲マンションの管理人兼清掃人をやっている。詳しくは知らないけど、正社員ではなくて、契約社員とかそんなかんじだ。前に一度、財布を忘れたって父さんから電話がかかってきて出かけついでに届けたことがあるんだけど、サイズの合ってない鼠色の作業ズボンに管理会社のロゴが背中に入ったダッさいパステルグリーンのポロシャツを着て顎の先から汗を滴《したた》らせながら、我が家（＝公営住宅）の三百倍は豪《ごう》奢《しゃ》なマンションのエントランスホールをモップでせっせと掃除してた。「よう。悪いな。サンキュー」とかって父さんは明るく言ったけど、普段よりずっと小さく、ていうか、まるで縮んでしまった洗濯物のように見えて、ぼくは惨めな気分になった。父親の職業を恥じちゃいけないのは頭ではわかってるけど、同級生たちに得々として知らせるかどうかはまた別の問題だ。とりわけ、吉竹や田口が相手となると。なぜって、彼らの父親は「テレビの広告とか作ってるクリエイティヴ・ディレクター」（吉竹）と「脳神経外科医」（田口）という、世の中の大多数の人から憧れられたり敬われたりする職業に就いているからで、この手の話題になった時のぼくの気持ちなんてきっとわからないだろう。

　ともあれ、どうして今日の昼休みに、吉竹と田口が父さんの職業を訊いてきたかというと、ぼくが Big Black の Songs About Fucking ていうレコードを持っていって、その中の一曲を校内放送でかけて、彼らがその異様に殺気立った音……いや、たぶん音自体よりも、エッチなジャケットとあけすけなタイトルにより強く反応して、これもオヤジのレコード?って吉竹がいつものごとく訊いてきて、そうだよって答えたからなんだけど、そもそもなぜ、ぼくがレコードを学校に持っていったりそれを校内放送でかけたりできるかというと、放送部に属しているから。

今でこそひそかに張り切っているけど、放送部に入ったのはかなり消極的な成り行きだった。高校に入学してしばらく経った、だからどの部であれ入るタイミングを逸してしまった時期に、二コ上の姉ちゃんと小学生の時に仲が良くて、我が家にもしょっちゅう遊びにきてて、何度かぼくも遊んだことのある……まあ、今思えばいじられてたんだろうけど、井森佳織《いもりかおり》ちゃんっていう先輩がいて、帰り道で偶然いっしょになった。普段は自分のことをしゃべるのは苦手なんだけどやっぱ懐かしさもあってか、中学ん時みたくだらだら過ごすのってほんとはいやなんだけど何をしたいんだかいまいちわかんなくてさあ、みたいなことをこぼしたら、じゃあ放送部に遊びにおいでよ気楽なとこだしきっとタツヤくんにも合ってるよ、とか言われて、翌日ほんとに遊びに行ったらたしかに気楽な雰囲気で次に遊びに行ったらすでに部員ということになっていて、佳織ちゃんはもう卒業したけど今に至っている。それで、放送部の主な活動の一つに、昼休みの校内放送を仕切るっていうのがあり、とくに二年の秋から三年の夏まではその要というかほぼ独占状態で、この時期に部員の多くがわりと熱心になるのは、昼休みの後半の二十分間は(一般生徒のリクエストに応えつつも)流す曲を自分たちで選べるから。とはいえ、曜日ごとにジャンルが定められているし、先輩から伝わる話によるとあんまり過激な曲を流し続けると顧問の先生から（正確には顧問の先生を介して）ダメ出しが発せられるらしいんだけど。で、金曜が「洋楽／ポピュラー」の日で（このルールは三十年も前に定められたらしい、分け方や呼称が古くさいとすればそのせい）、ぼくは吉竹や田口といっしょに金曜の担当なのだ。

ちなみに、田口はポール・マッカートニーに心酔してて、これまでのところビートルズかウイングスかポールのソロの曲しかかけていない。これを読んでいる（おそらく大人の）人は、どうして二十一世紀の日本の女子高校生がポール・マッカートニーなんだ？って不思議に思うだろうけど、ぼくだってよくわかんないし、吉竹に言わせると「田口ってヤバいよな」ってことになる。このあいだ吉竹がいない時にちらっと本人に訊いたら、昔付き合ってたカレシの影響かなあ？とかって言ってたけど、それを言う時の目つきを見てたらなんだか恐ろしくなってそれ以上は突っ込めなかった。いやだって、昔つってもまだ高二だよ？　いったいいつの話だよ？　つーか、そのカレシてのはどんなやつなんだ？　田口はもともと幼稚園から大学まで擁《よう》する、いわゆるお嬢様学校に通っていたのに本人いわく「わけあり」で、偏差値的にも品格的にも数段劣るウチの高校に転学してきてて、そのこととは無関係かもしれないけど唇の光らせ加減とか対象物を舐めるように見る目の動きとかさらに周囲からの浮き方の別次元なかんじとかちょっと尋常じゃない。でもまあ、でっかい括《くく》りで言えば、彼女も英語の（舶来の？　本場の？）ロックやポップが大好きで、いまいち嚙《か》み合わないにしてもそのへんの話が少しはできるわけで、その意味では、他の同級生たちに比べて、近しさっていうかある種のシンパシーを覚えないではいられない。

一方、吉竹にはそれほど近しさとかシンパシーを覚えてなくて、なぜって、こいつは校内外問わずやたら友達が多く、日本のヒップホップが大好きで、だから本当は「邦楽／歌謡曲その他」の火曜を担当したかったんだけど、そっちは希望者が多くて放送室が窮屈になるってことで、結局くじ引きになり、そのくじにまんまと外れて、かつては一番人気だったらしいけど今や「クラシック」の月曜と並んで人気薄の金曜にまわされたって経緯があるから。なので、いまだに基本はふて腐れていて、それでも好きなMCがリスペクトするMCってかんじで辿《など》ったり、お店やネットで何かしら見つけてきてそれをかけるんだけど、かけながらも、ちっ、って舌打ちして、リリックがわかんねえよ、とか言ってる。ハートに響かねえんだよ。くそっ。

さっき、一般生徒からのリクエストにも応えるって言ったけど、じっさいのところリクエストは少ない――とりわけ金曜は。放送室の中でフェーダーをいじったりしてると自分たちのやっていることが台風並みの影響力を持っているように錯覚しがちだけど、いざ放送室の外に出ると、校内放送なんてしょぼい音量でしか流れてなくて（これもルール）、大半の生徒は教室や食堂でのおしゃべりや校庭や体育館での遊びに夢中だし、バンドやってるやつとかはスマフォで自分の好きなのを勝手に聴いてるし、昼休みでは少数派の勉強組もこの時間は図書室や自習室にいてそこは緊急連絡と始業チャイム以外無音だし、ようするに大多数の生徒は校内放送なんて気に掛けていない。これが現実。ウチの高校の。

土曜はマックでのバイトを終えてから母さんの家に晩御飯を食べに行った。中学の時は月二回とかでその晩は泊まってったんだけど今はたいてい月一の日帰りで、我が家がこういう形態、つまり、両親が別居して姉弟も二手に分かれて暮らすようになってもう三年くらいになる。今年の春までは姉ちゃんが母さんと暮らしてたけど今は母さんひとり。

父さんがこしらえてくれる普段の食事と比べると、味はともかく（べつにケチを付けてるんじゃなくて、料理の腕前は父さんも存外に良いので）種類の多さと見た目が抜群な料理を食べながら、いつものごとく近況を報告させられた。

お父さんの持ち物も少しは役に立ってるってことね。ぼくが校内放送の話をすると母さんは言った。少々皮肉っぽい言い方ではあったけど。この「持ち物」ていう言い回しとか。

あそこには宇宙があるんだ。

宇宙って、タツヤ、母さんは苦笑しながら言う。そんな大げさな。

いや、ほんとなんだって。端から見てる分にはわからないと思うけど、足を踏み入れてみるとちゃんと宇宙がある。

まあ、いいけど。あんまり深入りしないように。

でも、その宇宙もずいぶん縮小しちゃったんだよね。

……レコードが減ったってこと？

このあいだざっと数えたら千五百枚切ってた。CDはもっと少なくなったし。

いったい何枚持ってたのか、わたし知らないから。

ぼくだって知らないけど、前の家のリビングって、一方の壁がほとんどぜんぶレコードとCDだったじゃん？　それが今では三分の一とか四分の一とかになったんじゃないかな。

ふうん。そう言って母さんは肩をさっとすくめて視線をあらぬ方向へ泳がせ、再び視線を戻した時には話題を変えていた。ところで――。

なぜ、母さんが視線を泳がせ話題を変えたかというと、レコードやCDが減っているのは父さんが中古レコード屋さんに売って換金しているからだということを、そしてそれがどういうことを意味しているのかを、よくよく知っているからだと思う。

で、母さんに誘導されたのは、交友関係、とりわけカノジョがどうこうという話だった。そんなのいないよ、と言うと、どうしていないの、と問いつめてくる。べつに欲しくないし。欲しくない？タツヤだってもうすぐ十七でしょ？　だから？　ふつうの男の子は十七にもなればカノジョの一人や二人——。おれ、ふつうじゃないし。ふつうじゃないってどういうことよ？　いや、べつに。……タツヤ、ひょっとして。何？　そうならそうとはっきり言うのよ。何を？　わたしだって少しは覚悟がいるんだから。だから何だよ？　……男の子のほうが好きなのね？　はあ？　そうなのね？　くっだらねえ。大事なことでしょ？　いいから放っといてよ。とまあ、そんなやりとりになって最後は決裂。正直、こういうことにずかずか立ち入ってくる母さんはうっとうしい。自分ではさばけた母親でいるつもりなのかもしれないけど、ぼくにしたらむずがゆくてやってられない。母親たる者、もっと古典的ないし保守的であってほしいとぼくは内心思ってたりするのかも。まあでも、古典的／保守的な女の人が、学生結婚してとっとと別れてまたべつの人と結婚して子どもを二人産んでその間もちゃっかりキャリアを積んで今度は籍は抜かずに夫と別居してフランスかどっかの気取ったキャンドルを灯《とも》しながら高校生の息子と月一のディナーを食べる……というようなことはしないんだろうな……つーか、そもそも父さんみたいな人と結婚しないか。その点、父さんは、もちろん古典的／保守的っていうのとはぜんぜん違うけど、少なくともカノジョがどうこうなんて話はしない。

音楽の話か映画の話か世の中は腐ってるっていう話しか、しない。それが案外心地よかったりするし、ぼくのコミュニケーションのデフォルトなんだと思う。

ねえ、そろそろじゃないの？　ぼくは掛け時計に目をやりながら言った。

あら、ほんとね。母さんは立ち上がってデスクトップの電源を入れた。

そろそろというのは、イギリスに留学中の姉ちゃんとスカイプで話す約束の時間ということ。留学つってもまだ語学学校に通ってるだけだし、寄宿先はアメリカ人と結婚して今はスコットランドのエディンバラで暮らしてる母さんの妹、つまりぼくらにとって叔母さん夫婦の家なんだけど。

最初に母さんとチーコ叔母さんが五分くらいしゃべって、途中からジョナサン叔父さんとぼくが加わって少ししゃべって、それからやっと姉ちゃんがシャワーだかお風呂だかから出てきて、叔母夫婦は後ろのテーブルに退いて（モニターにはいぜん映っている）、母さんと姉ちゃんが十分くらいうだうだしゃべって、母さんの携帯が鳴ってどうやら仕事関連の電話みたいで別室に移ったので、ぼくがその後を引き継いだ。

お父さん大丈夫？　姉ちゃんがだしぬけに言う。このあいだ、久々にメールくれたんだけど、変だった。

変ってどんなふうに？

異常にハイテンション。来年にはそっちに遊びに行くぞーとかって顔文字まで駆使して書いてあるの。ありえなくない？

ぼくには心当たりがあったけど、それは言わないほうがいいと思った。たまたま機嫌が良かったんじゃない？　いたってふつうだよ。ふつうに苛《いら》ついてる。

ならいいんだけど。苛ついてるくらいがお父さんらしいよね。そう言うと姉ちゃんは話題を変えた。クリスマス明けに帰ることにしたんだけど、おみやげは何がいい？　おみやげとクリスマスと誕生日プレゼントを兼ねて奮発するよ。

ぼくの誕生日は十二月二十六日なので幼い頃からクリスマスと誕生日を合体させられるのには慣れていたけど、引っ掛かったのは、奮発するよ、という言い草で、よくもまあ偉そうに言うよなあ、元は母さんに送ってもらってる金だろが。そんなことを思いながらぼくは言った。うーん……おみやげねえ……べつにないなあ。

べつにないって……あんたってほんと子どもらしくないよね。

子どもじゃないし、と思ったけど、まあ、大人とも言えないので、黙っていた。

何につけ欲がない。はやりの草食系？

姉ちゃんはピラニア系だもんね。

何かあるでしょ？　姉ちゃんはぼくの嫌みをスルーして続ける。こっちでしか買えないものとかじゃなくてもいいから。来週はグラスゴーへ遊びに行くし、帰りはロンドンにも寄るし。

じゃあ……レコードを。

レコード？　姉ちゃんの表情がにわかに曇る。たぶん家族四人で暮らしていた頃のことを思い出したんだと思う。あるいは、ぼくが父さんのようになるんじゃないかという懸念のようなものを感じたのか。ま、いいけど、と姉ちゃん。で、誰の？

いろいろあるからメールでリストを送るよ。その中から見つかったのを買ってきて。

そんなに複雑なの？

複雑ていうか……つまり、スティーヴ・アルビニって人が関わってるレコードが欲しいんだけど、バンドもやってるけどどっちかというとレコーディング・エンジニアだから、スティーヴ・アルビニって名前で探しても見つからないんだよ。だから、アルビニが関わったレコードでウチにないやつをリストにして……。などと、姉ちゃんのぽかんとした表情をよそにぼくがまくしたてていると、奥のテーブルに座ってたはずのジョナサン叔父さんが突然、モニターに現れた。タツヤ、今、なんて言った？　アルビニって聞こえたけど、と英語で言う。それくらいはぼくのリスニング力でも聞き取れた。

うん、スティーヴ・アルビニって言ったよ。いまね……彼のサウンドにぞっこんなんだ、とぼくは答えた。まあ、「ぞっこん」は、ただ“Love”って言っただけだけど。

まじかよ。ちょっと待ってろ。そう言ってジョナサンはモニターから消えた。

ジョナサンは二分ほどして戻ってきた。両腕に、アルビニがギターを弾いてる Big

Black と Rapeman と Shellac、それからエンジニアとして関わってる何枚ものレコード（その中にはもちろんぼくの知らないやつもあった）を抱えて。

わあお。ぼくは昂奮とか喜びとかさらに照れ臭さとかで胸がバクバクした。すげえや。おれもかつては大好きだったんだ、ジョナサンが言う——緑がかった瞳が輝いているように見えるのはぼくの気のせいじゃないと思う。最近は聴かなくなったけどね。

ぼくは思った。やっぱり大人の男は判ってくれる。つーか、こういうことはイカした大人しか判ってくれない。

ジョナサンがくれるというので、ウチにないやつを五枚ほど選び、姉ちゃんが帰国する時に持ってきてもらうことにした。ぼくが上機嫌になっていた反面、姉ちゃんはつむじを曲げていたので、少しはフォローせねばと思い、あそうだTシャツが欲しいんだよね、とねだった。色は白かグレーか黒で、クールなフレーズがプリントされてるやつ。そういうの選ぶの姉ちゃん得意じゃん？　姉ちゃんは母さんに似てというか佐伯《さえき》家の血を引いてというか根がシンプルかつストロングで女なのにやけに男気があって何事も実際的に考え気持ちの切り替えも早くいくぶん意地悪に言えばおめでたい脳の構造をしているのですぐに機嫌を直して、おう、任せとけ、と言ってサムアップした。

東横線と横浜線を乗り継いで自転車を漕いで十一時過ぎに家に戻ると、父さんはリサイクルショップで買った食卓テーブルについて手元にアルコールフリーのビールテイスト飲料の缶を何本も並べつつ、およそ三十分に一度はヘアードライヤーみたいな音を立てる古いラップトップに向かって腕組みをしていた。まるで貸借対照表を前にした零細企業の経営者のごとく真剣、というかほとんど悲痛にさえも見えるただずまいで。丸首のセーターが後ろ前になってたけどこれはよくあることなのでそれには触れず、母さんが年末に姉ちゃんが帰ってきたら四人で食事しましょうって言ってたよってぼくが告げると、モニターから目を離して、うむ、とかなんとか一言唸《うな》って、またすぐにモニターに目を戻して、カタカタカタカタと、ちょっと強すぎるんじゃないかという力を込めてキーボードを叩き始めた。姉ちゃんのかぶれぶりとかスコットランドの十一月がいかに日が短くなるかとかについて話そうかなと帰り道では思ってたけど、どうもそういう雰囲気じゃなかったので、お風呂を沸かして入ってパジャマに着替えて、父さんが相変わらず心ここにあらずなのを横目に居間の床に座って先月のバイト代で買ったヘッドフォンで耳を塞いで Nirvana の In Utero の片面を大音量で聴いてから、翌日のバイトに備えて自室に退いた。ベッドに横たわってからも父さんがキーボードを叩く不規則な音はかすかに聞こえていて、眠りに落ちていく中で、その音は夜の荒野をさまよう傷だらけのコヨーテの映像と重なり合った。

ぼくが父さんのレコードを本格的に漁《あさ》るようになったのはじつは放送部に属するようになってからだ。成長が人より遅かったってこともあるけど（じっさい身長が急に伸びだしたのも中三になってからだし）中学の時までは音楽にはさほど興味を引かれなかった。ひょっとしたら心のどっかで、母さんはともかく姉ちゃんと同じように、父さんの嗜好や所有物に対するネガティヴなイメージを育んでいたのかもしれない。父親の趣味はレコード蒐集《しゅうしゅう》と転職および失業、みたいな。甲斐性《かいしょう》なしの父親、唯一の財産はレコード、みたいな。今はもちろん、レコード（とその溝に刻まれた音）が造る宇宙の深遠さとそのことを知っている父さんの凄みみたいなのを、ぼくなりにわかっているつもりだけど。

で、話は飛ぶけど、スティーヴ・アルビニの存在をぼくがしかと認識したのは、このあいだの夏の終わりのこと。二学期からは金曜昼の校内放送を担当することが決まっていたから、夏休みの後半はそのことを念頭に朝から晩までいろいろと聴きまくっていて、「いまいち」「ふつう」「よい」「ヤバい」などと分類してたんだけど、その「ヤバい」の中にはまた別枠で「へそヤバ」てのがあって、そこに入るのは曲の雰囲気が最高とかメロディがぐっとくるとかギターがしびれるとかいうのとは微妙に違って、サウンドそのものがへそ、そのあたりというか存在の芯みたいな急所にびしびしと響くやつで、この感覚を得るにはある程度でかい音で聴く必要があるんだけどそれはともかく、残暑の死ぬほど厳しい朝にその「へそヤバ」レコードの大半に共通点があることを発見した。なんと、クレジットに同じ名前があったのだ——Recorded By Steve Albini.／Engineered By Steve Albini. これを発見した時のぼくの気持ちをどんなふうに言い表せばいいだろう。体じゅうに張り巡らされていた配線がきれいに繋がって頭のてっぺんでサーチライトが灯ったかのようだった。それで、すぐにウィキペディアでアルビニを検索して、日本語のほうはあまり詳しくなかったから、英語のWikipediaに飛んで、関連ページにも飛んで、それらを辞書を引きながら必死に読んだ。全部が理解できたわけじゃないけど、あんなに必死に英語の文章を読もうとしたのは生まれてはじめてだったと思う。

けど、学校に行ってもバイト先に行っても、そういう話をガチでできる同世代の人ってほとんどいない。これはアルビニに限ったことじゃなくて、英米のロック全般にわたる話なんだけど。こっちがのめり込めばのめり込むほどに、そういう人は少なくなっていく気がする。ほとんど唯一の例外として、放送部の一コ先輩に片山《かたやま》さんっていう男子がいて、この人とは一時期かなり盛り上がってたんだけど（学校帰りに連れ立ってディスクユニオンに行ったりした）、べつの先輩との間でなにかトラブルがあったらしく、ある時期を境に放送部の活動にまったく参加しなくなって、ぼくに学校の中で会ってもいやに素っ気なくなり、さらにはすれ違っても目さえ合わせてくれなくなった。このことはいまだに胸に引っ掛かっているんだけど……まあ、仕方のないことなのかな。人と人との巡り合わせって自分の力ではどうにもならないことがあるってなんかの本にも書いてあったたし。それに、ぼくは中学の時から誰かと遊ぶよりは一人でいるほうが好きだったし、無理に話を合わせてるとバカみたいに疲れるからそれなら一人でいるほうがマシって割り切って学校生活を送っている。そりゃあイジメに遭うのは嫌だし、じっさい中一の時にけっこうひどい目に遭って、当時のことは思い出すだけで息が苦しくなるんだけど、もう高二だし、イジメに関して言えばレッドゾーンは脱したと思う。

同世代はそんなかんじだけど、放送部の顧問で、今年からは担任にもなった梶原《かじわら》先生とはわりと話せる。夏休み明けのことだったと思うけど、The Smiths の The Headmaster Ritual をかけたら、いきなり放送室に駆け込んできて、お～南、いいセンスしてるよ～とかなんとか目を潤ませつつ言って、頼みもしないのにブートレグのDVDを貸してくれたり、CD持参でリクエストをしてくるようになった。まあ、ぼくにとっては「ふつう」か「よい」のものが多いんだけど、先生と好みがばっちり同じだったりしたら、それはそれで気味が悪い。

その梶原先生から放課後に呼び出された。ぼくが進路希望を記入するシートに名前だけ書いて（つまり他は白紙で）提出したからだ。

どういうことだ、と梶原先生。

決まってないんで、とぼく。

おおまかな希望くらいはあるだろ？

ほんとにわかんないんです。

進学するつもりはあるんだよな？

ねえ、先生。そんなに急がなきゃダメですか。

光陰矢の如し。このあいだも言ったはずだ。

それはそうなのかもしれないけど。

この時期の選択がその後の人生を決定づけることになるんだぞ。

そこで黙り込んだぼくの目をじっと覗き込むと梶原先生は、近々お父さんにお目にかかったほうがいいかもしれないな、と言った。今度、学校に来ていただくことにするか。なんだったら、南のお宅にお邪魔させてもらってもいいんだけど。どうかな？

先生ならおおよその事情も知ってるし、父さんだってそのほうが楽だろうし、まあいっかって思ってぼくはうなずいた。


その流れで晩御飯時には父さんとも進路関係の話になった。

大学に行くんじゃないのか？

どうせたいした大学には行けないし。

それはおまえ次第だろ。

今からがんばったってしれてるって。

おまえねえ……じゃあ、アヤカみたいに留学するか？

チーコ叔母さんとこは無理じゃない？

チーコ叔母さんとこに世話になろうとは言ってない。

つーか……父さん。大学に行くにしろ留学するにしろ、ウチにそんなお金あるの？　ぎりぎりなんじゃないの？

ああ、それなのか。おまえが煮え切らないのはそのせいなのか。

ぼくは否定も肯定もせずにロースカツの最後の切れ端に食らいついた。イエスでもノーでもない。イエスとノーの間のどこかを横道に逸《そ》れたところにぼくの気持ちはある。

金のことなら心配するな、父さんは少し間を置いてから言った。おまえが高校卒業するまでにはなんとかしてやる。

もうレコードは売らないでほしいんだよ。

あのな。そう言って父さんは大きな前歯をたくさん見せて笑う。いくらレコードを売ったって留学するほどの金にはならんよ。

じゃあ、どうやって？　ぼくは言った。このごろ毎晩のように、父さんがいそしんでるやつ？　あれがお金に換わるの？

まあ、簡単に言えば、そういうことだな。

けど、あれってギャンブルみたいなもんなんでしょ？

なあ、タツヤ。父さんはぼくを見つめる。ぼくも父さんを見つめる。父さんの目の中は感情の動物園みたいだ。他ではなかなか見ることの出来ない様々な感情が住み着いている。なあ、タツヤ、父さんがもう一度言う。おれがこのまま終わると思うか。

これは質問ではないと思ったので黙って続きを待った。

終わらないね。終わってたまるか。そう言う父さんの目には、どす黒くてなんか不気味で、でもエネルギーがぎゅうぎゅうに詰まってて、うまく言えないけどまるで星になる前の星の原型みたいのが宿っている。ちゃんと目算はあるんだ。いまに見てろ。

食事を終えて食器を洗っている時にぼくは思い切って言った。ねえ父さん、さっきの話とも関係があるんだけど……母さんとはどうするつもり？

そりゃまたえらく急所をつく質問だな、父さんは言った。ぼくが洗った食器を父さんは布巾で拭いている。おまえは母さんのこと好きか？

ムカつくこともあるけどね、ぼくは言った。やっぱ好きだな。

じゃあ、おれと同意見だ。でも、こればっかりはおれの力だけではどうにもならない。そう言って父さんは、ハリウッド映画とかに出てくる、いくらやさぐれてもセクシーさを失わないボクサーみたいに片目をつぶった。

その夜、ベッドに横たわって、父さんがラップトップに文字を打ち込むかすかな音を聞いていると、梶原先生がウチにやってきて父さんと話している光景が頭に浮かび上がった。最初は当然ながらぼくの進路とか性格とかの話をしてるんだけど、梶原先生が校内放送の話に触れるとそれがおのずと父さんのレコードとか音楽とかの話に繋がっていって、いつしかぼくのことは忘れ去られ、そのへんからは二人ともただのロック好きの四十代半ばのおっさんになっていて、ビールでもどうです？などと父さんが言っていやいやそれはと梶原先生はいったん断るものの結局は飲むことになって（じつは発泡酒なんだけど）、そのうちターンテーブルにレコードをとっかえひっかえ載せながら、往年の思い出とかも語り合っていやに盛り上がっている光景を。なんか笑えた。なんでか高揚した。父さんがよく言っている――そういえば最近はあまり言ってないけど、以前はよく言ってた――ように、世の中は至る所クソだらけで人生もクソの山でクソみたいにぱっとしないことの連続だとしても、好きなロックを聴いたり音楽のこととかレコードのこととかを考えてると、ぜんぶ許せるような気がしてくる。世の中や人生がクソなのは最高のロックンロールが生み出されるためであるような気がしてくる。あるいは世の中がクソなのはクソどもが最高のロックンロールをちゃんと味わっていないからだという気さえ。

それにしても。寝返りを打ったとたん現実に引き戻されてぼくは思う。どうしてこんなに早く人生の方向を決めなくちゃならないんだ？　どうしてこんなに急《せ》かせられるんだ？

十二月に入ってテストが終わってまもなく、吉竹から「ちょっと話がある」ていう剣《けん》呑《のん》なかんじのメールがあって、少々不吉な予感を覚えながら放送室に行ったら田口も来てた。吉竹に教えられるまでもなく、翌週は終業式だから今度の金曜が今年最後の金曜昼の校内放送になるのだった。だからさ、吉竹が言った、ばっちり決めようぜ。なんだそんなことかっていう拍子抜けの思いと、突然の吉竹の覚醒というかやる気の暴発に、ぼくも（たぶん）田口も面食らったけど、吉竹の言わんとしていることはわかった。つまり、いつもぼくたちは、何の打ち合わせもなく、ただ自分がかけたいレコードやCDを持ち寄って、早いもの順だったりじゃんけんで順番を決めたりしてかけているわけで、曲のつなぎはいいかげんだし、テイストは見事にばらばらだし、しかも二十分のラスト二分が余ったり、曲の途中で（時には一番の聞き所で）始業五分前のチャイムが鳴ったりする。そうじゃなくて、事前に打ち合わせ、テイストを揃えるのは無理にしても曲どうしの相性くらいは考えて、つなぎとかもちゃんと考えて、時間をめいっぱい使おうと吉竹は言うのだった。

ようするにあの二十分間っていうのをさ、と吉竹。おれたち三人の共同プロデュースにするんだよ。おれの言ってることわかる？

わかるけど、とぼく。

わかるけど、何だよ？

どうしちゃったの？吉竹くん。田口が吉竹を見て言ってそれからぼくに視線を移す。そういうことよね、南くん。

そうそう、とぼく。なんかあったの？

どうもしてねえよ。何もねえよ。吉竹が顔を赤らめて言う。いいからやるぞ！

何かを訊かれて普段ははぐらかしてるぼくが深追いするのはフェアじゃないと思ったし、吉竹が顔を赤らめたのにもちょっと心を動かされたし、つーかそもそも水を差すようなことを言ってしまったけどほんとは面白そうだって思っていて、吉竹がそういうことを言い出した理由なんてのもじつはどうでもよくて、田口が何を思ったかは謎だけどいずれにせよぼくと同じで異存はないようだった。

そんなわけでぼくたち三人は、それぞれがまず今年最後の校内放送にかけたい曲を何曲か自宅でピックアップして、それらを水曜に持ち寄り、ああでもないこうでもないと言い合って（途中、吉竹とぼくの議論はほとんど口論に発展、その間田口はスマフォでSNSに夢中）、結局水曜と木曜の放課後をのべ六時間くらい使って、たった二十分間の校内放送にかける曲を選び出し、ストップウオッチで計りながらつなぎの箇所とその方法を考え、おまけに、本番を見据えた、端から見たらおそらく阿呆に見えるくらいのマジ度で、フェイドインとかカットインとかの練習をやった。

そうして迎えた今年最後の金曜昼の校内放送。

Kanye West "Monster" - Paul & Linda McCartney "Eat At Home" - The Breeders "Doe" - Nas "Represent" - The Beatles "Birthday" と繋いできて、六曲目にしてエンディングである(ぼくが最近になって自分で買ったやつ、もちろんエンジニアはアルビニ)Cloud Nothings "Stay Useless" のギターリフが始まったとたんに田口が言った。ねえ、大きい音でかけない?

じっさい、放送室の中ではけっこう大きな音で流れてたから、ぼくと吉竹は一瞬きょとんとなった。

はあ? とぼく。

外音? と吉竹。

もちろん外音、と田口。これ、小さい音で聴く曲じゃないよ。

外音というのはつまり校内に流れている音のことで、それを今以上に大きくするにはミキサー類が繋がったプリアンプのヴォリュームつまみをいじるしかなくて、それを部員が勝手にいじるのは放送部にあって犯すべからずタブーとなっていた。なんでも約三十年前、校内放送で歌謡曲やロックをかけることを先生たちに認めさせる時に条件づけられたらしい。


それはやっぱまずくない？

大丈夫だって。ていうか、大丈夫じゃなくてもいいし。ねえ、吉竹くん。

おう、やっちゃおうぜ。別に、大丈夫じゃなくていい。

すでに立ち上がってプリアンプの前にいた吉竹が、唇と目の端に不敵な笑みを浮かべつつ、宇宙船のコックピットで何か重要なつまみをいじる飛行士のようなやけに仰々しいポーズで、ヴォリュームつまみを右にぐいっとひねった。

ぼくたち三人は防音扉を開けて放送室の外に出た。

でかい音だった。凄まじくでかいってわけじゃないけど、少なくとも校内ではついぞ聞いたことがないでかさだった。廊下の向こうで同級生たちが一時停止ボタンを押されたみたいに天井のスピーカーを見上げてフリーズしてる。ぼくは身震いしていた。昂奮とやましさとで。いや、やましさなんてすぐに死んだ。

そのやましさが即死した後の熱風のような昂奮の中で、だしぬけに父さんの言った「今に見てろ」を思い出した。あの時は失笑しそうになった「今に見てろ」が真夏の真昼の太陽みたいに輝いていた。この世に存在するたった一つの真実みたいにぎらぎらに輝いていた。今に見てろ。このままでは終わらない。終わってたまるか。そうだそうだと思っているぼくの脇で、田口が跳ねるように踊りだし、吉竹は叫んだ。これ、最高じゃね！

こういうことを判ってくれるのは大人だけだとずっと思ってたけどそんなことはなかったかもしれなくてそのこともめちゃくちゃ嬉しくて同級生たちのフリーズは解けてあたふたしはじめてたしその向こうから梶原先生がなにやら叫びつつ走ってくるのも見えたけどそんなことにはかまわずというかかまうもかまわないも気づいたらぼくも踊っていた。

解説

仲俣暁生（文芸評論家）

少し前の時代まで、私たちはふと思い立てば気のおけない友だちに連絡し、通い慣れた町の店で落ち合って、音楽を聴いたり酒を飲んだりしながら、とりとめもない話を交わしたものだった。レコードやＣＤや本を買うことも人と会うことによく似ていて、世界と自分とのぎくしゃくした関係をそれらによって微調整したものだった。

『できそこないの世界でおれたちは』というこの小説は、ある時代までに生きた誰もが経験していたはずの、そんな「普通」の生活を描いた物語だ。でもこうしたことがもう当たり前ではない時代がやってくるかもしれない。新型コロナウィルス感染症（COVID-19）に見舞われた世界で、そう思いながらこの文章を書いている。

本作は桜井鈴茂のデビュー作『アレルヤ』の続編にあたる物語でもある。ただし二十一世紀が始まったばかりを舞台とする前作と本作との間には、たっぷり十数年の時間が流れている。『アレルヤ』では三〇代にさしかかったばかりだった主人公シロウも本作ではアラフィフ。そして寝ても覚めてもこう自問している。

「アムアイハッピー?」

離婚した元妻との間には十一歳になる息子がいて、誕生日とクリスマスには三人で会うこともできる。ステディな恋人はいないが、そんな気分になったときの相手がいないわけではない。体もガタが来はじめているが、大病をしているわけでもない。多少の借金はあるものの、最低限の尊厳を維持できる仕事もある。でも、それだけでいいのか。そう、この物語の開始時点でシロウは揺れている。ハピネスとアンハピネスの間で、いや、たぶんもっと大きなものの間で。だからシロウのこの問いは、自分自身に対してだけでなく「天にまします」あの方にも差し向けられている(アレルヤ!)。

二十一世紀という時代が二十年ほど経過した現在から振り返ると、『アレルヤ』の物語が演じられた時代は、まだしも牧歌的だった。小泉純一郎の第一次政権はすでに成立していたが、この政権が本格的に新自由主義の牙を剝くのはもう少し先だし、アメリカ合衆国で「9・11」の同時多発テロ事件が起きた直後だったが、イラクでの戦争はまだ始まっていない。音楽はMP3とiPodの時代に突入していたとはいえ、Spotifyみたいなストリーミングサービスはまだ存在せず、CDもLPもどこでも買えた。ましてやリーマン・ショックや東日本大震災なんてさらに先の話。ラブリーでハッピーだった一九九〇年代の残り香が、まだ濃厚に感じられる時代だった。

この小説のなかでそんなことが正面から論じられているわけではないのだが、二十一世紀は国家と個人との間にあったはずの「社会」という中間項が、電子テクノロジーと資本主義によって埋め立てられ、代替されようとしている時代である。ソーシャルネットワーク上にあるのは真の社会ではなく、その粗雑なコピー以下のものでしかない。

本作に先立つ『アレルヤ』では、シロウと元バンド仲間の「ドラム」はルームシェアをしている。その部屋に、二人とアジア旅行の途中で出会った西野久美という女の子が住み着いたことで生まれた人間関係を、シロウは社会と呼びうるものを構成する最少人数＝三人からなる《ドクロ社会》と名付けていた。『アレルヤ』はこの《ドクロ社会》の成立と解体を描いた物語だが、シロウ以外の二人の人生もこの十数年の間にすっかり一変している。

かつて「ホルヘ・ルイス・ビスケット」という名の尖ったバンドをやっていた「ドラム」こと上田健夫は、いまや国民的人気バンド「デカメロンズ」の一員として大成功し、セレブリティの一員となっている。そして南米パラグアイに渡った「久美ちゃん」とは、この物語が始まる時点ではまったく連絡が取れていない――。

ところで『アレルヤ』をすでにお読みの方はご存知のとおり、「久美ちゃん」の造型はカポーティの『ティファニーで朝食を』の主人公ホリー・ゴライトリーをかなり意識的に模している（映画版ではオードリー・ヘップバーンがキュートに演じた）。でも久美はホリーと違って無事に日本に帰ってくるし、その後の人生もきわめて着実なものだ（シロウと久美の再会は思いがけないかたちで起きるが、あそこは本作で屈指の「名場面」である）。

久美は小児がんを患った息子ラファエルの難手術を日本で行うために、夫とともにパラグアイから日本に戻ってきた。手術により視力を失ってしまうかもしれないこの少年のために、シロウとドラムは《拡大版ドクロ社会》ともいうべきプロジェクトを開始する。ラファエルをメンバーの一員とするバンド、「ワンダリング・キャトル」の結成だ。

ドラムとよりを戻した元恋人のイズミ、腕っこきのギタリストのヤジマをはじめ、ずいぶん大所帯となったこの《バンド＝社会》は、ドラム、シロウ、久美のわずか三人だった頃と比べ、人数だけでなくその意味合いでも大きなものになっている。彼らのリユニオンまでの十数年はたんなる空白ではなく、この広がりを獲得するまでに必要な時間だったのだ。

二〇〇〇年代の初めから二〇一〇年代の終わりまでの間で決定的に変化したり、すっかり失われてしまったものがある一方で、変わらなかったものもある。『アレルヤ』と本作の共通の舞台となる東京の下北沢という町と、（以前より狭くなり、場所も裏通りに移転するものの）ずっとその一角にある「バー・アラバマ」、そしてこの店を切り盛りする「ヒロ子さん」は、鬱々としたこの時代にあってもなお、変わらずにありつづけたものの象徴である。

でも本作は、どこか特別な場所の特別な人たちの物語というわけではない。ロンドンでも仙台でもポートランドでもメルボルンでもバンコクでもどこでもいい、世界のあらゆる都市にあるはずのローカルソサエティの物語であり、その意味で普遍的な物語だ(だからもし、自分にとって大切な町や店がある人は、そこを思い浮かべながら読んでほしい)。

『アレルヤ』同様、本作にも音楽の固有名詞が並ぶ。シロウはかつてドラムとやっていた「ダイアモンド・チワワ」というバンドの元ボーカリストであり、息子のクリスマス・プレゼントにプライマル・スクリームやバズコックスのアルバムを贈ってしまうような人物だ。この「アラバマ」という店はジャズバーなのに、「ヒロ子さん」は正統派のジャズ以外——たとえばジム・オルークとか——ばかりかける。彼女の選曲は特定の時代、特定のジャンルには偏っていないが、「ヒロ子さん」のなかでは、その選曲に一貫した倫理がある。「ジャズ」という言葉を「文学」に置き換えてみれば、そこにこの小説の作者の文学観がみてとれるように思う。

二〇世紀の終わり以後に急速に進展したグローバル化にもしもプラスの側面があるとしたら、音楽やスポーツと同様、文学が世界の共通言語になったことだ。文学作品だけが特権的な価値をもつのではなく、馴染みのバーでサッカーの試合を見たり、音楽を聞いたりしつつ文学の話もするなんてことが、ごく日常の風景としてあるようになった。外国文学も自国語で書かれる文学も分け隔てなく読まれ、愛される。少なくともそれは、文学の読まれ方、語られ方としては理想の姿ではないか。そのような小説の一つとして、『できそこないの世界でおれたちは』も読まれることだろう。

　ところで本作および『アレルヤ』の主人公シロウは、とくに特別な体験をしたわけでもないし、自分には傑出した能力ももたないと、読者に対してホールデン・コールフィールド風に自己紹介する。だがこの小説を技法の面からみるならば、そのような特権的「語り」を許されたシロウは、じつのところ神から愛された特別なキャラクター、いわば一種の「天使」的存在と言えるのではないか。シロウ自身はそれほど自覚していないが、彼のまわりにいる者は皆そのことに気づいている。だから「ヒロ子さん」はシロウにこう言う。

「でね、幸運な星の下に生まれた人には、そのぶん使命ってものがあるんじゃないかしら？　責務って言ってもいいけど」

　（略）

「バラバラになりかけてるみんなをゆるく、ゆるくでいいから、繋ぎとめる。それが、幸運な星の下に生まれたシロウくんの使命であり、責務……じゃない？」

シロウはこの「できそこないの世界」で孤立している人間（おれたち）同士を結びつけ、そこに「社会」と呼びうるものを生み出すために送られた「天使」（まるでヴェンダースの『ベルリン・天使の詩』みたいだが）なのであり、だからこそ彼には「語る」という特別な能力が与えられている。

この物語の冒頭でシロウが「アムアイハッピー？」と自問するのは、彼の求めるハピネスが個人のエゴを越えたところにあることを、シロウ自身も感じているからだ。自分ひとりがハッピーであるだけでは、シロウは心底からハッピーになることができない。なぜなら「世界」はまだ「できそこない」のままだからだ。

人はなぜ小説を書き、そして人はそれを読むのか。文学をめぐる永遠の謎の一つはそのことだが、新型ウィルスによって心ならずも「バラバラになりかけて」いる私たちは、あらためてその理由を理解しつつある。そしていつかこの災厄が乗り越えられたとしても、また次なる試練を世界は私たちに与えるだろう。

でも大丈夫。世の中には小説家という（無意識のうちに）利他的にふるまってしまう存在がいて、彼らが紡ぐ何の変哲もない人たちの物語が、綻びた網の目を修繕してくれるのだから。私たちはそれを楽しく軽やかに読み、その感想を誰かに口伝えすればよいのだ。そこから小さな社会が生まれるように。

謝辞

たくさんの方々からのお力添えやご教示、そして言い出せばきりがないその他諸々なしには、この物語、およびこの本は存在しえませんでした。とりわけ以下の方々にはこの場を借りて御礼申し上げます。敬称略、順不同にて。

横山勝、稲垣ゆかり、森左智、髙橋明日香、吉本真一、前田泰広、樋口泰人、清水ゆき、大脇武志、太田登志夫、植松基行、岩佐千聡、髙木験二、畠康之、日馬朝子、堀川達也、矢野利裕、小川英則、栗俣力也、堀口麻由美、曽我部恵一、仲俣暁生、大内正也、仁藤直樹、植村省吾、清水陽介、角田光代、杉江由次、大城武、田中沙弥、我が父母ときょうだい、妻のぶ子。

どうもありがとう。

二〇二一年三月
桜井鈴茂

追記

エピグラフで引用したカート・ヴォネガット、およびヘンリー・ミラーによる一文は、それぞれ、故朝倉久志氏、故吉田健一氏の名訳を使わせていただきました。ありがとうございます。

初出

「できそこないの世界でおれたちは」
二〇一八年四月小社より単行本刊行

「大人しか判ってくれない」
『IN THE CiTY』第七集「作家ＤＪｓ」掲載

双葉文庫

さ-29-04

できそこないの世界《せかい》でおれたちは

2021年4月18日　第1刷発行

【著者】
桜井鈴茂《さくらいすずも》

【発行者】
箕浦克史
【発行所】
株式会社双葉社
〒162-8540 東京都新宿区東五軒町3番28号
［電話］03-5261-4818(営業)　03-5261-4831(編集)
www.futabasha.co.jp（双葉社の書籍・コミックが買えます）
【印刷所】
大日本印刷株式会社
【製本所】
大日本印刷株式会社
【カバー印刷】
株式会社久栄社
【DTP】
株式会社ビーワークス

【フォーマット・デザイン】
日下潤一

ISBN978-4-575-52460-4 C0193
Printed in Japan